Bia

Carole Mortimer
Un desafío para dos

Editado por HARLEQUIN IBÉRICA, S.A.
Núñez de Balboa, 56
28001 Madrid

© 2014 Carole Mortimer
© 2015 Harlequin Ibérica, S.A.
Un desafío para dos, n.º 2378 - 8.4.15
Título original: A Prize Beyond Jewels
Publicada originalmente por Mills & Boon®, Ltd., Londres.

I.S.B.N.: 978-84-687-6128-2
Depósito legal: M-1979-2015
Editor responsable: Luis Pugni
Impresión en CPI (Barcelona)
Fecha impresion para Argentina: 5.10.15
Distribuidor exclusivo para España: LOGISTA
Distribuidor para México: CODIPLYRSA
Distribuidores para Argentina: Interior, DGP, S.A. Alvarado 2118.
Cap. Fed./Buenos Aires y Gran Buenos Aires, VACCARO HNOS.

Prólogo

Iglesia de Saint Mary, Londres

—No es demasiado tarde, Gabe —dijo Rafe en voz baja. La iglesia estaba abarrotada por los invitados de su hermano, que charlaban entre susurros mientras esperaban a que la novia llegara—. Lo he comprobado antes. Hay una puerta por donde te puedes escapar...

—Calla, Rafe —dijeron al unísono sus hermanos, sentados a su lado. Gabriel, con los nervios típicos del novio, y Michael, con su habitual laconismo.

—Silencio, Rafe —añadió su padre con una discreta advertencia desde el banco trasero.

Rafe sonrió sin el más mínimo gesto de arrepentimiento.

—El jet está listo en el aeropuerto, Gabe, y en lugar de marcharte al Caribe de luna de miel, podrías fugarte.

—¿Puedes parar? —Gabriel se giró para mirarlo, estaba pálido y tenso mientras esperaba a que comenzara la música del órgano que anunciaría la llegada de su novia a la iglesia. Bryn ya llegaba cinco minutos tarde, y cada minuto le había parecido una hora y había intensificado las arrugas de tensión en su rostro.

—¡Si no fuera por mí, Michael y tú no habríais vivido ninguna aventura!

—Casarme con Bryn va a ser la mayor aventura de mi vida —le aseguró Gabriel con certeza.

Rafe era consciente de los muchos años que su hermano llevaba enamorado de Bryn, un amor que Gabriel había creído condenado a no ser correspondido hasta hacía un escaso mes.

—Es preciosa, eso tengo que admitirlo.

—Rafe, ¿puedes dejar de incomodarlo? —dijo secamente Michael, el mayor de los tres, mientras Gabriel abría y cerraba los puños—. ¡Lo último que necesitamos para amenizar la velada es una pelea entre el novio y uno de los padrinos!

—Solo estaba... —Rafe se detuvo cuando su móvil sonó con fuerza en el relativo silencio de la iglesia.

—¡Te dije que apagaras esa condenada cosa antes de entrar en la iglesia! —le dijo furioso Gabriel, aunque claramente aliviado por tener algo concreto con lo que canalizar su tensión.

—Creía que lo había apagado —dijo Rafe sacándose el móvil del bolsillo para silenciarlo—. Pero en serio, Gabe, aún estás a tiempo de escaparte por detrás sin que nadie se dé cuenta.

—¡Raphael Charles D'Angelo!

Rafe se estremeció sin comprender cómo era posible que su madre, con lo diminuta que era, aún lograra callarlos a todos, tan altos y pasando ya de los treinta, únicamente pronunciando su nombre completo con ese tono de voz especialmente reprobatorio. Al menos tuvo la suerte de ahorrarse tener que mirarla porque justo en ese momento el órgano comenzó a tocar la marcha nupcial que anunciaba la llegada de Bryn.

Rafe notó la vibración de su móvil contra su pecho anunciando otra llamada entrante que decidió ignorar para ver a Bryn recorrer el pasillo hasta el altar del brazo de su padrastro.

–¡Oh, vaya, Gabe, Bryn está absolutamente impresionante! –dijo con sinceridad.

Bryn era como una visión en satén y encaje blanco; el brillo de su sonrisa al mirar a Gabriel podría haber servido para iluminar la iglesia entera.

–Por supuesto –murmuró Gabriel con petulancia y una expresión de adoración al mirar a la mujer a la que amaba más que a su vida.

–¿Quién podría tener el mal gusto de llamarte por teléfono durante la boda de tu propio hermano? –le preguntó Michael a Rafe con tono de desaprobación ya fuera de la iglesia, bajo el sol de verano, mientras observaba cómo fotografiaban a los novios. Tanto Gabriel como Bryn estaban exultantes de felicidad.

Rafe se estremeció al levantar la mirada después de consultar el buzón de voz.

–Solo un amigo advirtiéndome de que Monique se ha puesto en pie de guerra al enterarse de que no voy a volver a París después de la boda.

Los tres hermanos se turnaban la gestión de las Arcángel, las tres galerías de arte y subastas que poseían y que eran conocidas en el mundo entero. El lunes Michael sustituiría a Rafe en la galería de París, Gabe se quedaría en Londres al regreso de su luna de miel, y Rafe se marchaba a Nueva York al día siguiente para ocuparse de la galería que tenían allí.

–¿Y no podrías habérselo dicho antes de marcharte? –le gritó Michael irritado.

Rafe se encogió de hombros.

–Creía que lo había hecho.

–Pues está claro que ella no recibió el mensaje –le contestó Michael antes de girarse para mirar a Gabriel y a Bryn–. ¿Te puedes creer que nuestro hermano pequeño ahora sea un hombre casado?

Rafe esbozó una sonrisa cariñosa al mirar a la feliz pareja.

–¡Y está claro que está encantado!

Sin embargo, no es que Gabriel fuera tan «pequeño» en realidad; solo tenía dos años menos que Michael, de treinta y cinco, y uno menos que Rafe, de treinta y cuatro.

Además de llevarse pocos años, los tres hermanos se parecían mucho: todos eran altos y de facciones duras, aunque muy guapos, con el pelo color ébano, los ojos marrones y la piel aceitunada, todo ello cortesía de su abuelo italiano.

Michael era el hermano distante y austero, el que prefería llevar el pelo corto, y que tenía unos ojos de un marrón tan intenso que parecían negros y resultaban tan misteriosos como el hombre que se ocultaba tras ellos.

Gabriel era discreto, pero tremendamente decidido, con el pelo ondulado a la altura de las orejas y la nuca y los ojos de un marrón chocolate.

Por su parte, Rafe llevaba el pelo por los hombros y tenía los ojos tan claros que resplandecían con un brillo dorado. Además, los que no lo conocían bien, lo consideraban el menos serio de los tres hermanos D'Angelo. Los que sí lo conocían, eran completamente conscientes de que bajo esa fachada bromista y provocadora, Rafe era tan formal como sus hermanos.

Michael enarcó las cejas con gesto burlón.

–¿He de suponer que Monique no era la mujer de tu vida, como tampoco lo ha sido ninguna de esa legión de mujeres con las que has tenido relación durante los últimos quince años?

Rafe le lanzó a su hermano una mirada de desdén.

–No estoy buscando a la mujer de mi vida, ¡muchas gracias!

Michael sonrió ligeramente.

–¡Pues puede que uno de estos días ella te encuentre a ti!

–¡Ja! Puedo aceptar que Gabe está extasiado de felicidad con Bryn, pero no me creo eso de «el amor de tu vida» cuando se trata de mí, igual que tú tampoco lo crees.

–No –le confirmó su hermano rotundamente–. Cuando llegue a París, no me veré invadido por llamadas y visitas de esa tal Monique suplicándome que le diga dónde estás y cómo puede ponerse en contacto contigo, ¿verdad?

–Espero que no –respondió Rafe con un suspiro–. Nos divertimos unas semanas, pero todo ha terminado.

Michael sacudió la cabeza con gesto de irritación.

–Pues ella no parece haberse dado cuenta –lo miró con dureza–. Tal vez podrías volcar tus encantos en algo más útil cuando llegues a Nueva York. La hija de Dmitri Palitov irá a la galería el martes –le explicó ante la mirada inquisitiva de su hermano–. Supervisará personalmente la instalación de las vitrinas que ha diseñado para la exposición de joyas de su padre y se quedará mientras dure la exposición junto con el equipo de seguridad de Palitov.

Rafe abrió los ojos de par en par con incredulidad.

—¿Qué estás diciendo?

—Palitov quiere su propia seguridad y es comprensible —dijo su hermano encogiéndose de hombros—. Que su hija diseñara las vitrinas y que estuviera presente en la galería antes y durante la exposición fueron las otras condiciones para que accediera a exponer.

Rafe sabía tan bien como Michael que para la galería Arcángel había sido un golpe maestro que el ermitaño multimillonario ruso hubiese accedido a que su exclusiva colección privada se expusiera.

—Confío en que durante las próximas semanas tengas contenta a su hija.

—¿Y qué significa eso exactamente? Palitov ronda los ochenta, ¿cuántos años tiene su hija?

—¿Acaso importa cuántos años tenga? No te estoy pidiendo que te acuestes con ella, solo que vuelques en ella parte de ese encanto letal propio de Raphael D'Angelo —le dijo su hermano con tono burlón antes de darle una palmadita en la espalda e ir a reunirse con sus padres.

Rafe resopló, nada contento de tener que desplegar sus encantos con la hija de mediana edad de un ermitaño multimillonario ruso.

Capítulo 1

Tres días después. Galería Arcángel, Nueva York

¿Le importaría apartarse? Me temo que está en medio.

Rafe estaba apoyado en la puerta de la sala de la galería donde llevaba unos minutos observando cómo se desarrollaba la instalación de las vitrinas de cristal y bronce que se habían llevado para la exposición. Se giró para mirar al joven que acababa de hablarle con tanta brusquedad.

Parecía un adolescente y debía de medir cerca de un metro ochenta; vestía los mismos vaqueros desteñidos y la misma sudadera negra ancha que el resto de los trabajadores y llevaba una gorra de béisbol que le cubría parte de la cara.

Una cara que era demasiado bonita para pertenecer a un chico, pensó: cejas negras y arqueadas sobre unos ojos verde musgo y rodeados por unas largas y espesas pestañas oscuras, una nariz respingona cubierta por pecas, pómulos altos, labios carnosos y una barbilla fina.

Sí, era demasiado guapo, aunque no parecía estar teniendo ningún problema a la hora de instalar las vitrinas.

Rafe había llegado a la galería a las ocho y media,

como de costumbre, y su secretaria lo había informado de que el equipo de Palitov llevaba allí desde las ocho en punto.

—Solo estaba buscando...

—¿Le importaría apartarse ya? —repitió el chico con voz fuerte—. Necesitamos meter el resto de las vitrinas —y como para recalcar el hecho, dos de los trabajadores más fornidos se situaron al lado y detrás del joven.

Rafe frunció el ceño irritado ante tanto músculo; ¿dónde demonios estaba la hija de Dmitri Palitov?

Esos ojos verdes se abrieron de par en par al ver que Rafe no hacía intención de apartarse de la puerta.

—No creo que su jefe apruebe esta falta de colaboración.

—Pues resulta que yo estoy aquí precisamente porque estoy buscando a su jefe —respondió Rafe con frustración.

—¿Y usted es?

—Soy yo —confirmó Rafe con una dura sonrisa—. Tenía entendido que la señorita Palitov estaría aquí esta mañana para supervisar la instalación de las vitrinas —dijo enarcando las cejas y con gesto burlón.

—¿Y usted es?

—Raphael D'Angelo —respondió con satisfacción.

—Me lo estaba imaginando —el joven se puso derecho—. Buenos días, señor D'Angelo. Soy Nina Palitov.

Nina tuvo la satisfacción de ver a Raphael D'Angelo, uno de los tres hermanos dueños de las prestigiosas galerías Arcángel, perder por un instante parte de su arrogancia innata a la vez que esos ojos dorados se abrían de par en par con incredulidad y esos esculpidos labios se separaban con gesto de sorpresa. Todo ello le dio la oportunidad de observar por unos instantes al hombre que tenía delante. Debía de tener treinta y tantos, el pelo le caía justo por los hombros y tenía el rostro de un ángel caído, además de una depredadora mirada dorada, afilados pómulos sobre esa piel aceitunada de herencia italiana, una nariz larga y elegante, unos labios sensuales que parecían haber sido tallados por un escultor, y una barbilla cuadrada que en ese momento tenía ladeada con gesto arrogante y desafiante.

El traje sastre gris oscuro perfectamente confeccionado y la nívea camisa blanca no lograban ocultar la perfección musculada de su alto cuerpo. ¡Más bien parecía que lo hubieran diseñado para resaltar esa masculinidad! La camisa blanca era de la seda más fina, como la corbata color plata pálida anudada meticulosamente, y sus zapatos negros eran, claramente, de piel italiana.

Nina volvió a mirar ese rostro arrogante... e increíblemente hermoso.

–¿Deduzco, por su expresión, que no soy lo que se esperaba, señor D'Angelo? –murmuró.

¿Que no era lo que se esperaba? ¡Eso era quedarse muy corto! Estaba siendo un poco difícil de aceptar que ese chico fuera, en realidad, una joven preciosa, y además hija de Dmitri Palitov. Palitov tenía casi ochenta años y la mujer que ahora decía ser su hija tendría veintipocos. ¿O tal vez era la nieta y estaba allí sustituyendo a su madre por alguna razón?

Rafe se obligó a relajarse.

–No qué, sino quién –se excusó estrechando la mano que ella había extendido. Una mano cálida y artísticamente esbelta con unos dedos largos y delicadamente afilados.

Ella lo miró con gesto socarrón.

−¿Y, exactamente, a quién se esperaba, señor D'Angelo?

−A su madre, probablemente −le dijo Rafe secamente−. ¿O a su tía?

Ella sonrió.

−Mi madre está muerta, y no tengo tías. Ni tíos tampoco −añadió−, ni más familia que mi padre −terminó con voz suave.

Rafe se quedó atónito, intentando procesar la información que esa mujer acababa de darle. Ni madre, ni tíos, solo su padre. Lo cual significaba...

−Soy la señorita Palitov de la que le hablaron, señor D'Angelo −confirmó−. Creo que soy lo que algunos podrían describir como una niña nacida en el otoño de la vida de mi padre.

No se había podido imaginar que la hija de Dmitri Palitov fuera a ser tan joven. ¿Lo habría sabido Michael? Probablemente no, ¡porque de lo contrario su hermano jamás habría sugerido que la encandilara con sus encantos!

Ahora entendía la presencia de esos dos hombres musculosos detrás de ella. No había duda de que papá Palitov protegía muy bien a su joven y hermosa hija.

Como si la presencia de esos guardaespaldas, y la información de que esa joven era la hija de Dmitri Palitov, no hubieran resultado lo suficientemente desconcertantes, ella se quitó la gorra liberando una cascada de rizos rojizos que enmarcaron la belleza de su rostro y cayeron sobre sus esbeltos hombros antes de flotar descontroladamente hasta la cintura.

Y dándole a Rafe la total certeza de que era una mujer.

En cuestión de mujeres su preferencia siempre habían sido las rubias, pero al ver esos ojos color musgo y esos carnosos labios que estaban esbozando una burlona sonrisa a su costa, supo que en ese momento no podría haber nada que fuera a disfrutar más que tomar a esa mujer en sus brazos y borrar la sonrisa de esos dulces labios con un beso.

Un gesto que, sin duda, haría que los dos centinelas actuaran a la velocidad de la luz.

Nina miró a Raphael D'Angelo y supo que acababa de darse cuenta de que Andy y Rich no estaban allí simplemente para instalar las vitrinas. Llevaba casi toda su vida rodeada por los mismos guardaespaldas y se había acostumbrado tanto a tener al menos a dos de ellos vigilándola día y noche, que ya apenas se percataba de su presencia. Ahora trataba a los ocho hombres que conformaban su equipo de seguridad más como amigos que como gente empleada por su padre para salvaguardar su seguridad.

Lo cual reflejaba eso en lo que su vida se había convertido. Su padre era un hombre poderoso y rico, y con el dinero y el poder venían los enemigos. A pesar de saberlo y asumirlo, a menudo había fantaseado con lo agradable que sería poder hacer como el resto de gente de su edad, salir a comprar el periódico o leche por las mañanas, o ir a comprar cena a un restaurante de comida rápida, o compartir una noche divertida con amigas sin que sus guardaespaldas tuvieran que registrar primero el local. O tal vez tener una cita con algún hombre indecentemente guapo con el rostro de un ángel caído. Un momento... ¿Exactamente de dónde había salido ese pensamiento tan ridículo?

Tantos años bajo la protección de su padre hacían

que, normalmente, se mostrara extremadamente tímida cuando tenía que hablar con algún hombre. ¡Nunca había tenido fantasías eróticas con uno al momento de conocerlo!

Miró a Raphael D'Angelo, un hombre extremadamente guapo y arrogante.

–Hoy tengo mucho que hacer aquí, señor D'Angelo –le dijo ocultando su timidez detrás de su enérgico tono–. Así que si no tiene nada más que decirme...

Rafe sabía cuándo no lo querían delante, ¡y también sabía cuándo no le gustaba eso!

Estaba al mando de la galería de Nueva York en ese momento, y era hora de que a esa tal señorita Nina Palitov y a esos matones les quedara bien claro.

–Primero hay una serie de cosas que me gustaría hablar con usted, si no le importa acompañarme a mi despacho en la tercera planta.

El aleteo de esas largas y oscuras pestañas fue la única señal de que la había sorprendido con su petición. No había duda de que el dinero y el poder de papaíto aseguraban que la señorita Nina Palitov no tuviera que acceder a las peticiones de nadie.

Sacudió la cabeza haciendo que esa larga cascada de cabello rojizo resplandeciera como una llamarada bajo el sol que se colaba por los ventanales que tenía detrás.

–Está claro que ahora mismo no tengo tiempo. ¿Qué tal un poco más tarde?

Rafe apretó los labios.

–Hoy tengo otras citas que atender –aunque ninguna que Michael le impidiera cancelar para así poder quedar con la hija de Dmitri Palitov cuando a ella le resultara conveniente.

Pero Michael no estaba ahí ahora mismo, Rafe sí y... «¡Maldita sea, Rafe, la razón por la que estás tan irritado es porque Nina Palitov es una belleza!». Y bajo otras circunstancias, en un lugar distinto, los dos desnudos y juntos en una cama con sábanas de seda, incluso disfrutaría con el desafío que ella suponía. Pero no estaban en ninguna cama, esa lujuriosa boca no era para él, y cuando se trataba de Arcángel, él era el único al mando.

—En ese caso, me temo que la discusión tendrá que esperar a mañana.

Rafe dio un paso hacia ella y, al instante, los guardaespaldas hicieron lo mismo, acercándose sin quitarle los ojos de encima a Rafe.

—Controle a sus perros guardianes —advirtió con dureza.

Ella se lo quedó mirando varios segundos antes de girar la cabeza lentamente hacia los dos hombres.

—Estoy segura de que el señor D'Angelo no supone ningún peligro para mí —les aseguró con ironía antes de volver a girarse hacia Rafe con gesto desafiante.

Rafe esbozó una voraz sonrisa y la miró de arriba abajo lentamente.

—Bueno, yo no estaría tan seguro de decir que no supongo ninguna amenaza para usted, señorita Palitov —dijo con tono suave y deliberadamente provocativo.

Esos preciosos ojos color musgo se abrieron notablemente y un delicado rubor se alojó en sus mejillas haciendo resaltar las pecas que le cubrían la nariz. Nerviosa, sacó la lengua para humedecerse los labios; unos carnosos labios que no necesitaban brillo labial para intensificar su volumen o su delicado color melocotón.

Ahora Nina apretó esos labios, como si fuera consciente de que Rafe estaba jugando con ella.

–¿Le vendría bien a las once en punto, señor D'Angelo?

–Me aseguraré de que así sea –respondió él suavemente.

Nina era bien consciente de que en algún punto durante el intercambio de palabras Raphael D'Angelo había tomado el control de la conversación... ¿y de ella? Su aire de seguridad y poder dejaba claro que siempre prefería controlarlo todo.

¿Incluso cuanto estaba en la cama con una mujer?

Nina sintió un rubor teñir sus mejillas por segunda vez en pocos minutos al darse cuenta de que Raphael era responsable de haberle metido en la cabeza esos pensamientos tan poco apropiados. ¿Pero por qué eran tan poco apropiados?

Tenía veinticuatro años, una figura esbelta y el modo en que la miraban los hombres le decía que no era poco atractiva; Raphael D'Angelo era un hombre peligrosa y abrumadoramente guapo con un aire latino que hacía que la recorriera un cosquilleo. Ambos eran mayores de edad así que, ¿por qué no se daba un capricho y se permitía flirtear un poco con él?

Porque no era algo a lo que estuviera acostumbrada a hacer, se respondió tristemente y al instante. Su padre era muy protector con ella, tanto que a veces hasta resultaba claustrofóbico, y era un poco difícil disfrutar flirteando con un hombre atractivo teniendo a dos guardaespaldas detrás. Sobre todo cuando esos guardaespaldas no dudarían en dar parte de su comportamiento a su padre. Además, con lo poco que lo conocía le bastaba para saber que D'Angelo era demasiado peligroso como para que ella pusiera en práctica sus relativamente inexpertas habilidades en el arte del flirteo.

Conocía su reputación, por supuesto; hasta ella había oído chismes por Nueva York sobre ese hermano D'Angelo en particular, los suficientes para saber que sus relaciones con las mujeres eran breves y numerosas y que no era hombre de simples flirteos.

—Hágalo —dijo Nina de pronto y asintiendo.

Esos ojos dorados la miraron fijamente.

—Ya que parece que tendremos que pasar tiempo juntos durante las siguientes semanas, creo que lo mejor será que nuestra relación se base en un respeto mutuo.

—Mi experiencia me dice que el respeto hay que ganárselo.

—¿Y eso qué quiere decir?

—No creo que mi comentario tenga ningún sentido oculto, señor D'Angelo.

Rafe lo dudaba mucho. Maldita sea, ¡esa mujer era odiosa! Fría, distante, ¡y terriblemente irritante!

Pero también era preciosa y exótica de un modo nada habitual; un hombre podía ahogarse en esos profundos ojos verdes, perderse acariciando la suavidad de su piel... y esos carnosos labios... Rafe no sabía cómo serían sus pechos, por supuesto, ya que estaban ocultos bajo esa sudadera, pero sus caderas y sus muslos eran esbeltos, y sus piernas tan largas que parecían no tener fin. Y en cuanto a la abundancia de esa suave y sedosa melena ondulada, no podía recordar haber visto nunca un color de pelo tan intenso con unas mechas doradas naturales que le enmarcaban el rostro como un halo.

Sí, Nina Palitov era todas esas cosas: irritante, preciosa, y atractiva... y estaba completamente fuera del alcance de cualquier hombre, a juzgar por esos dos guardaespaldas tan enormes que tenía detrás. Porque era imposible ignorarlos; no dejaban de mirarlo con desconfianza.

Pero, por encima de todo, era la hija de Dmitri Palitov, ¡el poderoso multimillonario que llevaba la palabra «ermitaño» a un nuevo nivel!

—Obviamente, me gustaría que habláramos sobre la seguridad de la galería.

Rafe se la quedó mirando muy serio.

—La seguridad de Arcángel es asunto mío, señorita Palitov, no suyo.

Ella se encogió de hombros.

—Le sugiero que se lea la cláusula siete del contrato que su hermano Michael firmó con mi padre, señor D'Angelo. Creo que encontrará que esa cláusula en concreto dice que tengo la última palabra en lo concerniente a la seguridad de toda la galería durante la exposición de la colección de joyas únicas de mi padre.

¿Pero qué...? Michael le había mencionado que Palitov pretendía aportar su propia seguridad a la colección, pero en ningún momento le había dicho que se refiriera a la seguridad de toda la galería. Al haber llegado a Nueva York solo el día antes, no había tenido tiempo de mirar con detalle el contrato que Arcángel había firmado con Dmitri Palitov. Había confiado en que Michael se habría ocupado de todo ello con su habitual implacable eficiencia.

Pero si lo que Nina Palitov decía era cierto, y él no tenía motivos para creer que no lo fuera, entonces necesitaba tener una pequeña charla con su hermano.

Sí, sin duda, la exposición de las joyas de Palitov era un golpe maestro para Arcángel, como lo habría sido para cualquier galería, ya que se trataba de una colección nunca antes expuesta en público, pero eso no significaba que tuviera que permitir que la familia Palitov entrara ahí y se apoderara de todo el lugar.

Nina tuvo que contener una sonrisa mientras captaba la frustración en la expresión de Raphael, sabiendo por dentro que sentía cierta satisfacción por haber logrado descolocar un poco a ese arrogante hombre. Claramente estaba acostumbrado a dar órdenes y a que los demás obedecieran, y podía ver lo incómodo que se sentía ahora.

–¿Tiene intención de cambiar los términos de ese contrato? Si es así, tal vez deberíamos dejar de traer más vitrinas hasta que haya hablado con mi padre.

–No creo haber dicho que vaya a modificar las condiciones del contrato, señorita Palitov –le dijo secamente Raphael.

–Nina.

–Rafe –contestó él con su mirada dorada iluminada de furia.

Rafe. Sí, la versión abreviada del nombre le sentaba mucho mejor.

–Y, por cierto, no respondo bien ante las amenazas, Nina.

–Creo que verás que no ha sido una amenaza, Rafe –respondió muy educadamente–. Como también creo que verás que el contrato entre mi padre y tu hermano es completamente vinculante por ambas partes.

Nina había estado presente el día que Michael D'Angelo se había reunido con su padre en su piso de Manhattan, junto con los abogados de ambos, que habían estado allí para comprobar los detalles antes de que se firmara el contrato. Su padre nunca dejaba nada al azar, y la seguridad de su amada colección de joyas era lo segundo más importante después de la seguridad de su propia hija.

—Si tienes alguna objeción o duda, te sugiero que se las presentes a tu hermano antes de hablar con mi padre —añadió desafiante.

No sabía qué tenía ese Raphael, o mejor dicho Rafe, D'Angelo que la hacía ponerse tan a la defensiva y de un modo que no era nada habitual en ella. ¿Sería, tal vez, esa arrogante seguridad en sí mismo? ¿O quizás el hecho de que fuera demasiado guapo para su propio bien y el de cualquier mujer? Fuera la razón que fuera, se vio deseando desafiarlo más que a ningún otro hombre en toda su vida.

Rafe tenía más que «objeciones» en lo concerniente a Nina Palitov; en lo concerniente a la atracción que sentía por ella. Pero no tenía duda de que estaba diciendo la verdad, de que la firmeza de esa mirada color musgo le estaba diciendo lo cierto sobre el contrato que Michael, o Arcángel en general, había firmado con su padre. Una cosa más de la que Michael no lo había advertido y de la que tendría que hablar con su hermano mayor en cuanto pudiera.

—Muy bien, haré los preparativos necesarios para que mañana puedas comprobar toda la seguridad de la galería.

—Hoy sería mucho mejor.

Rafe la miró y vio con facilidad el desafío que le estaba lanzando con su inflexible mirada.

–Muy bien, pues luego entonces.

–Bien. Nos vemos en tu despacho en la tercera planta a las once –se giró con desdén recogiéndose su salvaje melena y metiéndosela debajo de la gorra de béisbol mientras iba a reunirse con el resto de los trabajadores.

Los dos guardaespaldas le lanzaron a Rafe una mirada de advertencia antes de seguir a Nina.

Una advertencia totalmente innecesaria por lo que a él respectaba porque no tenía ningún interés en conocer más a fondo a la señorita Nina Palitov. Era preciosa, sí, y esos labios suplicaban ser explorados en profundidad, con más detalle y sensualidad, pero la presencia de los guardaespaldas decía que eso no pasaría, y su actitud desdeñosa para con él tampoco era nada alentadora.

No, la señorita Nina Palitov no era una mujer a la que Rafe quisiera conseguir.

Capítulo 2

UNA decisión que Rafe tuvo que plantearse cuando, dos horas más tarde, su secretaria acompañó a Nina Palitov a su despacho.

Había estado extremadamente ocupado esas dos horas para evitar que la joven lo pillara desprevenido de nuevo. Su conversación telefónica con Michael no había sido de mucha ayuda ya que su hermano no había mostrado ningún interés en el hecho de que Nina Palitov fuera una veinteañera, y no una mujer de mediana edad, tal como Rafe había dado por hecho. Michael simplemente había repetido que su deber era tener contenta a la señorita Palitov.

Internet había demostrado ser de más ayuda en lo que respectaba a Nina, revelando que había nacido cuando su madre, Anna Palitov, tenía treinta años y su padre superaba los cincuenta, lo cual hacía que ahora Nina tuviera veinticuatro. También decía que Anna había muerto cinco años después de que Nina naciera, pero no había datos sobre las causas de esa muerte tan prematura. También aparecía una lista de los colegios a los que había asistido antes de ir a la Universidad de Standford, licenciarse en Arte y Diseño y ocupar un puesto en el vasto imperio empresarial de su padre.

Pero nada de ello modificó el efecto que causó en Rafe cuando entró en su despacho a las once en punto.

En algún momento de la mañana se había quitado la gruesa sudadera negra para dejar expuesta una reveladora camiseta blanca ajustada bajo la que no llevaba nada más. Sus pechos eran pequeños y respingones, coronados por unos oscuros pezones que se marcaban contra la tela blanca por encima de un abdomen esbelto. Se había vuelto a quitar la gorra y esa abundante cascada de pelo rojo caía sobre la estrechez de sus hombros y la esbeltez de su espalda; una melena salvaje que hacía que Rafe deseara acariciarla. El endurecimiento de su miembro le dijo que su cuerpo había decidido, contradiciendo su previa decisión de mantenerse alejado de esa joven, que también le gustaba lo que veía.

—¿Señor D'Angelo? —dijo Nina al ver que no parecía tener intención de levantarse a saludarla, ya que se quedó sentado detrás de la mesa de mármol negra situada delante de los ventanales de la espaciosa sala.

Se había quitado la chaqueta y la había colgado en una percha; su pelo desprendía un brillo ébano que contrastaba con la blancura de su camisa de seda. Tal como había sospechado antes, sus anchos hombros, su musculado pecho y la tersura de su abdomen no le debían absolutamente nada a la perfecta confección de su traje de diseño.

Nina apartó la mirada deliberadamente de toda esa descarada masculinidad para observar el resto de la espaciosa habitación, que desprendía la lujosa elegancia asociada a las galerías mundialmente conocidas. Esa reputación y la opulencia de esa galería habían sido, sin duda, las razones por las que su padre había elegido a Arcángel como el medio para exponer su colección.

Aun así, Nina sabía que a su padre no le haría ninguna gracia la falta de modales que Raphael D'Angelo estaba mostrando hacia su única hija.

–¿Le viene mal ahora mismo? –le preguntó ella fríamente al girarse para mirarlo.

–No, en absoluto –respondió él levantándose, por fin, para ponerse la chaqueta–. ¿Has decidido prescindir de tus guardaespaldas? –le preguntó con una mirada algo burlona.

Nina le devolvió la misma mirada.

–Están justo al otro lado de la puerta –dijo asintiendo hacia la puerta.

Raphael D'Angelo sonrió al apoyarse en su mesa de mármol y cruzarse de brazos sobre ese musculoso pecho destilando una peligrosa masculinidad.

–¿Y eso es porque no supongo ninguna amenaza para ti?

Era simplemente porque Nina les había dicho a Rich y a Andy que ahí era donde tenían que esperarla. A ellos no les había hecho ninguna gracia, pero ella se había mostrado firme. Sin embargo, ahora sola en el despacho de Raphael D'Angelo, bien consciente de su depredadora masculinidad y de ese pícaro brillo de nuevo visible en esos ojos dorados, ya no estaba tan segura de haber tomado la decisión correcta.

Rafe D'Angelo era un hombre peligrosamente atractivo con reputación de mujeriego. Un hombre de encuentros ocasionales que estaba a años luz de la limitada experiencia de Nina. Y esa era precisamente la razón por la que se había mostrado tan brusca con él esa mañana: nunca antes se había relacionado con un hombre tan poderosamente atractivo como Raphael D'Angelo. En realidad, básicamente solo había tratado con su padre y sus guardaespaldas.

Su padre se había convertido en una especie de ermitaño tras la muerte de su madre, al mismo tiempo que se había vuelto obsesivamente protector con ella. Y esa protección, representada por Andy y Rich, implicaba que solo había tenido alguna que otra cita en los últimos años, y siempre con hombres a los que su padre había dado su aprobación y que habían pasado el control de seguridad al que se los sometía antes de que ella pudiera aceptar, siquiera, una invitación para salir a tomar una pizza.

Rafe D'Angelo, encantador por fuera, pero con un interior decidido y férreo, no parecía un hombre al que pudiera importarle mucho que lo sometieran a controles de seguridad si decidía que estaba interesado por una mujer.

Y no es que Nina pensara que pudiera llegar a estar interesado por ella nunca; dudaba mucho que fuera lo suficientemente bella o sofisticada como para despertar el interés de un hombre tan atractivo y solicitado como sabía que era Rafe D'Angelo. Un hombre que podía tener a la mujer que quisiera. Pero Nina, a pesar de lo poco que lo conocía, sabía que a Rafe no le importaría si tenía o no la aprobación de su padre, ni se molestaría por el hecho de que Rich y Andy estuvieran al otro lado de su puerta si es que de pronto sentía ganas de besarla...

¿Pero qué demonios le pasaba? ¿En qué estaba pensando? Cualquiera creería que estaba deseando que Rafe la encontrara atractiva. ¡Y hasta que la besara!

Lo cual era ridículo. Solo estaba en las galerías para supervisar la instalación y la seguridad de la colección de joyas de su padre, nada más. El hecho de que no pudiera sacarse de la cabeza la suavidad de su pelo moreno, de ese brillo dorado de sus ojos, de los duros contornos de su hermoso rostro y de los músculos de su cuerpo era irrelevante ya que no tenía ninguna intención de permitirse seguir sintiéndose atraída por él. Porque la protección de su padre no permitiría que lo hiciera.

—Lo he preparado todo para que puedas bajar al sótano a las doce en punto para comprobar la seguridad —la informó Rafe ahora con un tono más enérgico y con una mirada comedida—. Espero que te venga bien.

—Perfectamente, gracias —asintió fríamente—. ¿Es consciente de que, una vez la colección esté instalada, habrá dos hombres del equipo de seguridad de mi padre apostados en la sala este vigilando la colección en todo momento?

—Eso creo —asintió lacónicamente.

—¿Es que no lo aprueba?

—No es cuestión de si lo apruebo o no, pero, si quieres que te diga la verdad, me resulta insultante que tu padre lo vea necesario —añadió con clara impaciencia.

Ella se encogió de hombros.

—Dudo que mi padre desconfíe de que usted o sus empleados puedan robarle la colección.

—¡Vaya, eso es muy reconfortante!

Nina pensaba que no había que darle más vueltas al tema; su padre no escatimaría en seguridad por mucho que a Rafe le resultara insultante.

—Bueno, ¿de qué quería hablar conmigo, señor D'Angelo?

—Creía que habíamos quedado en llamarnos «Nina» y «Rafe» —le recordó secamente—. Eso de «señor D'Angelo» hace que parezca mi arisco hermano mayor —dijo con mueca de disgusto.

Nina enarcó las cejas.

–¿Te refieres a Michael, que visitó a mi padre hace unas semanas?

–Has podido identificarlo con mi descripción, ¿verdad?

Nina se encogió de hombros.

–Pues a mí me pareció muy educado... aunque sí que un poco... esquivo.

–¿De verdad conoces a mi hermano Michael?

Ella abrió los ojos de par en par ante su tono.

–Estuve presente cuando mi padre y él firmaron los contratos para la exposición, sí.

¿Pero qué demonios...?

Rafe acababa de hablar con Michael y su hermano no había reconocido que hubiera visto en persona a Nina Palitov. Sí, era cierto que tampoco se lo había preguntado directamente, pero Michael tampoco se lo había mencionado. Ni justo antes, ni cuando los dos habían hablado sobre el tema en la boda de Gabe; una conversación en la que Michael tampoco se había molestado en contradecirlo cuando él había supuesto que Nina Palitov sería una mujer de mediana edad.

–He visto unas fotos preciosas en el periódico del domingo de la boda de tu hermano pequeño... Gabriel, ¿verdad? Los tres os parecéis mucho.

Rafe, que había estado observando la punta de sus brillantes zapatos negros, levantó la mirada hacia Nina, entrecerrando los ojos contra el sol que se colaba por la ventana y que resaltaba esos reflejos dorados en esa gloriosa melena rojiza y hacía destacar el verde de sus ojos sobre esa suave piel cremosa y esos labios tan...

Se maldijo antes de sentarse de nuevo; su erección ya había palpitado ante la visión de esos carnosos labios ligeramente separados.

Y esa era una reacción totalmente inaceptable para él; siempre le había gustado la idea de no tener que complicarse ni comprometerse con todas esas rubias de largas piernas que tanto lo atraían y con las que pasaba unas semanas disfrutando, principalmente en la cama, y sin esperar nada más. Nina Palitov y el hecho de quién era, de quién era su padre, hacía que la atracción que estaba sintiendo por ella fuera de lo más complicada.

Por desgracia, su masculinidad, que había vuelto a endurecerse rápidamente, parecía tener una opinión muy distinta sobre el tema; sin embargo, él prefirió ignorarla.

—Sí, nos parecemos. Y fue una boda muy bonita. Todo lo bonita que puede ser una boda —añadió con desdeñosa falta de interés.

Nina sonrió ante la clara aversión de Rafe D'Angelo por las bodas y el matrimonio.

—¡Seguro que no es contagioso como el sarampión y la varicela!

—¡Si lo es, soy inmune!

—Por suerte para ti. ¿Es eso todo lo que querías hablar conmigo?

Rafe D'Angelo batió sus oscuras pestañas, sorprendido, como si por un instante hubiera olvidado que era él el que le había pedido reunirse. Sin embargo, ocultó su expresión rápidamente encogiéndose de hombros y diciendo:

—No. ¿Por qué no te sientas un momento? Dejando a un lado el tema de la seguridad, he pensado que deberíamos decidir exactamente qué papel vas a desempeñar en Arcángel durante el tiempo que dure la exposición.

—Como ya he dicho, todo eso está detallado en el contrato que mi padre y tu hermano firmaron hace semanas.

—He tenido oportunidad de leerlo con mayor detenimiento y no me puedo creer que quieras estar aquí metida todo el tiempo durante las próximas dos semanas.

—¿No puedes?

—No, no puedo. Ahora que las vitrinas están instaladas y todo está en su sitio, aquí no hay nada más que hacer. Te felicito por tu trabajo, por cierto —añadió a regañadientes—. Las vitrinas son exquisitas.

—Gracias —aceptó con timidez.

Nina llevaba casi cuatro meses trabajando con las vitrinas de exposición, desde que su padre le había propuesto la idea de exponer su colección de joyas en una de las galerías de Nueva York. Cada vitrina, de peltre y cristal biselado para no desmerecer la belleza de las propias joyas, tenía su propio código de seguridad, un código que solo Nina y su padre conocían.

—Resultarán más impresionantes aún cuando las joyas estén dentro.

—Seguro que sí —asintió Rafe con brusquedad—. La exposición no comienza hasta el sábado, imagino que no tardarás más de un día o dos en organizar la muestra.

—Es una colección muy amplia.

—Aun así...

—Rafe, ¿es que intentas librarte de mí?

Y no estaría equivocada al pensarlo, admitió Rafe para sí con cada vez más impaciencia. Maldita sea, debía ocuparse de toda la galería en general, no solo de esa exposición, y no tenía ni tiempo ni ganas de satisfacer los caprichos y exigencias de la familia Palitov.

–No, en absoluto –dijo con tono suave.

–He hablado con mi padre por teléfono hace un momento y me pide que te transmita sus felicitaciones y te invita a cenar en su casa esta noche, si te viene bien.

Rafe frunció el ceño ante la invitación; sabía que Dmitri Palitov era huraño y dado a recluirse, pero ahora parecía que lo estaba invitando a cenar en su casa. Bueno, tal vez era comprensible teniendo en cuenta que Rafe era el hermano al mando de la galería de Nueva York, la misma a la que el hombre le había confiado su preciada colección.

No obstante, preferiría no tener más relación de la debida con la familia, y con Nina en particular. Y, sobre todo, lo que menos quería era que Dmitri fuera testigo de su notable reacción física ante su hija.

–¿Rafe?

–Me temo que esta noche ya tenía un compromiso –¡gracias a Dios!

–Ya... –se quedó más que sorprendida ante su rechazo.

Y no cabía duda de que esa sorpresa se debía al hecho de que a no demasiada gente se le ocurriría rechazar una invitación del poderoso Dmitri Palitov, contando, claro, con que tuvieran el privilegio de recibirla. Rafe sabía que desde un punto de vista profesional él tampoco debería rechazarla, sino más bien cambiar su cita con la actriz Jennifer Nichols para otro día. Eso era lo que Michael habría esperado que hiciera, pero dado que en ese momento no tenía ninguna gana de complacer a su hermano, ¡le importaba un comino lo que pensara!

Nina sabía que a su padre no le haría ninguna gracia que Rafe hubiera rechazado su invitación y, al mismo tiempo, no podía evitar admirar a Rafe por ello. Adoraba a su padre, pero eso no impedía que fuera totalmente consciente de que su poder lo había acostumbrado demasiado a salirse siempre con la suya, a imponer su voluntad sobre los demás, a esperar que todos obedecieran sus órdenes. Sin embargo, estaba claro que Rafe D'Angelo no era una de esas personas.

–Mi padre me ha dicho también que si no podías, eligieras otra fecha que te resultara más apropiada.

–A ver... –dijo abriendo su agenda sobre el escritorio–. Parece que mañana por la noche la tengo libre de momento.

–Avísame mañana si eso cambia –respondió Nina, a la que le divertía, más que molestarle, la determinación de Rafe de no dejarse avasallar por su padre.

–¿Aún sigues decidida a venir a la galería cada día?

–Eso es lo que mi padre espera que haga.

Rafe se relajó contra el respaldo de su silla de piel negra.

–¿Y siempre haces lo que espera tu padre?

Nina se puso tensa ante el provocador tono de su voz.

–Si lo hago, se angustia menos, así que sí –le confirmó con brusquedad.

–¿Angustia? –preguntó enarcando una ceja con gesto burlón.

–Sí –Nina no tenía ninguna intención de darle más explicaciones.

Los motivos que su padre tuviera para ser tan protector con ella no eran asunto ni de Rafe D'Angelo, ni de nadie. Era lo que era y Nina lo aceptaba. Y si alguna vez se sentía molesta por la necesidad de su padre de protegerla, eso era problema suyo, no de Rafe.

Ahora su depredadora mirada dorada la recorría deliberadamente y sin piedad, haciendo que sus pezones se inflamaran ante esos ojos posados en la prominencia de sus pechos rozando la camiseta. Respiró hondo con suavidad sintiendo cómo el algodón resultaba abrasivo contra su piel desnuda y una ardiente humedad se instalaba entre sus muslos.

A su cuerpo no parecía importarle ni que Rafe se hubiera propuesto deliberadamente despertarle esa respuesta ni que, sin duda, estuviera divirtiéndose a su costa a medida que la tirantez de sus pezones se convertía en una tortura insoportable y la humedad de entre sus muslos iba en aumento como si se estuviera preparando para las caricias y la entrada de ese hombre.

Pero a Nina sí le importaba. No iba a permitir que ningún hombre se riera de ella por muy poca experiencia que tuviera en el terreno masculino, y mucho menos el arrogante y burlón Rafe D'Angelo.

Se levantó bruscamente y dijo:

—Le diré a mi padre que has aceptado su invitación para mañana por la noche.

Rafe apartó a regañadientes la mirada de los pechos de Nina; había disfrutado mucho viendo esos pezones inflamarse y revelar que no era inmune a su penetrante mirada.

Pero solo le hizo falta ver su rostro, su verde mirada acusatoria, la palidez de sus mejillas y el gesto de su barbilla para sentirse como un completo canalla por haberse comportado tan mal. Estaba furioso con su inesperada respuesta física ante esa mujer, con Michael por haberlo puesto en esa situación, e incluso un poco con Dmitri por la misma razón, pero eso no le daba derecho a pagar su rabia con Nina.

Se levantó, bordeó el escritorio y los dos quedaron de pie separados por escasos centímetros.

–¿Tú también cenarás mañana con nosotros? –le preguntó con suavidad.

Ella lo miró con recelo.

–Creo que mi padre esperará que esté presente como anfitriona, sí.

–¿Es que no vives con tu padre?

–No del todo –respondió sonriendo ligeramente al pensar en su piso. Estaba ubicado en el mismo edificio que albergaba el ático de su padre, un edificio que era de su propiedad. No era toda la independencia que le habría gustado, pero sí que era mejor de lo que se había esperado después de volver de Stanford.

–¿Y qué significa eso?

Ella sacudió la cabeza; su padre no hablaba de esos temas con nadie y parte de ese secretismo se lo había contagiado a ella.

–Significa que mañana por la noche estaré en casa de mi padre.

–¿Pero no vas a decirme dónde vives?

–No.

–¿Ni siquiera si me ofreciera a recogerte para ir juntos?

–No. Y sé que mi padre tiene intención de enviarte uno de sus coches para recogerte. Me ha pedido que le confirme si tu piso sigue estando en la Quinta Avenida.

Rafe se sintió incómodo; Dmitri Palitov parecía saber demasiado sobre él, mucho más de lo que él sabía sobre ese hombre o sobre su hija.

–Sí –le confirmó–. Dale las gracias de mi parte, pero preferiría ir en mi coche –porque eso significaba que podría marcharse cuando se hubiera cansado. Además, se sentía molesto por la idea de que el arrogante Dmitri quisiera organizarlo.

–Sé que mi padre preferiría que te recogiera uno de sus coches.

–Y yo preferiría llevar el mío –repitió de modo implacable.

–Dudo mucho que sepas dónde vive.

–Dudo que mucha gente lo sepa.

–No mucha.

–Tal vez podrías dejarle la dirección a mi secretaria mañana, después de que hayas vuelto a hablar con tu padre, claro.

Ella se mordió el labio inferior dirigiendo de forma instantánea la atención de Rafe a esos labios, carnosos y ligeramente coloreados, y a sus ojos. Rafe fue consciente al momento del error que había cometido al mirarla porque se sintió como si se estuviera ahogando en esas profundidades verdes.

Al igual que era consciente de que estaba siendo arrastrado hacia ella, como por un imán.

–Debería ir a comprobar la seguridad ahora –dijo Nina bruscamente al dar un paso atrás apartándose de él–. Le pasaré tu mensaje a mi padre.

–Muy bien –se puso recto maldiciendo por dentro la atracción que sentía cada vez más por Nina Palitov, y esperando sinceramente que su cita de esa noche con Jennifer se la sacara de la cabeza... ¡y le calmara el cuerpo!–. ¿Quieres que baje contigo al sótano?

Nina esbozó una sonrisa ante su evidente falta de entusiasmo.

–Creo que puedo encontrar el camino, gracias.

Rafe la miró irritado.

–Estaba siendo educado.

–Ya me he dado cuenta.

Rafe le abrió la puerta del despacho y se quedó algo desconcertado al encontrarse de pronto siendo el centro de atención de dos pares de gafas de sol y dos guardaespaldas.

–Les aseguro que la señorita Palitov no ha sufrido ningún daño en mi despacho –dijo con tono socarrón.

No hubo ni una mínima sonrisa por parte de esos dos adustos rostros.

–Buenos días, señor D'Angelo –murmuró ella antes de echar a andar hacia el ascensor seguida por los dos hombres.

La presencia de los guardaespaldas no impidió que pudiera ver el trasero en forma de corazón de Nina resaltado por esos vaqueros ajustados; una visión que su excitado cuerpo disfrutó.

Estaba metido en un buen lío, admitió para sí con un gruñido, ¡si solo con ver las perfectas curvas de sus nalgas su miembro se inflamaba de ese modo!

Capítulo 3

TE GUSTA ese tal Raphael que va a venir a cenar con nosotros esta noche?

Nina, con la mano temblorosa, se detuvo mientras le servía a su padre la habitual copa de whisky de malta que tomaba antes de cenar. Esperó unos segundos a que la mano le dejara de temblar y a recomponerse antes de terminar de servirla y después se giró para llevarle el vaso a su padre.

—¿Te he dicho lo guapo que estás esta noche, papá? —le dijo con tono animado.

—A un hombre de setenta y nueve años no se le puede llamar guapo —dijo con un marcado acento a pesar de llevar más de media vida viviendo en los Estados Unidos—. Distinguido, tal vez, pero estoy demasiado viejo como para que me llamen guapo.

—Pues a mí siempre me pareces guapo, papá —le aseguró Nina con cariño.

Y así era. Por mucho que su padre estuviera a punto de cumplir los ochenta, su habitual vitalidad lo hacía parecer mucho más joven, su cabello gris aún se veía abundante, y tenía un rostro afilado y firme a pesar de que sus ojos ya no eran de un verde tan intenso como el de color musgo de ella.

—Estás evitando responder a mi pregunta.

Y tal vez era porque Nina no tenía ni idea de qué había animado a su padre a formularle esa pregunta.

Había vuelto a pasar todo el día en la galería dando los últimos retoques. Primero había sentido ciertos nervios ante la posibilidad de volver a ver a Rafe, y después decepción cuando se había marchado de la galería a las cuatro habiendo visto al carismático propietario apenas de pasada.

Una decepción por la que se había reprendido mientras se había dado un baño. Rafe D'Angelo no era un hombre por el que debería sentirse interesada. Era arrogante, burlón y, lo más importante, no tenía el más mínimo interés por ella.

Aun así, no había podido resistirse a encender el ordenador y buscarlo en Internet después de salir del baño y sentarse en la cama con su albornoz y el pelo envuelto en una toalla. Se había dicho que lo estaba haciendo porque necesitaba saber todo lo que pudiera sobre el hombre al que su padre había invitado a cenar esa noche, y no porque ese hombre despertara en ella unas reacciones físicas que le resultaban especialmente incómodas.

Pasaron varios minutos de búsqueda hasta que encontró una fotografía de él de la noche anterior disfrutando de una cena íntima en un exclusivo restaurante de Nueva York con la preciosa actriz Jennifer Nichols que, obviamente, era el compromiso previo que le había hecho rechazar la invitación de su padre. Disgustada, había desconectado el ordenador.

Había decidido que Rafe no era más que un mujeriego y se había negado a malgastar su tiempo y sus emociones en él.

–Sigues evitando la pregunta, Nina –le dijo su padre con delicadeza.

–Pues probablemente es porque no sé a qué viene esa pregunta, papá.

–Estás muy guapa esta noche, *maya doch*.

–¿Con eso estás diciendo que normalmente no lo estoy? –bromeó.

Su padre sonrió.

–Sabes que para mí siempre estás preciosa, Nina, pero esta noche parece que te hayas esforzado especialmente para estarlo.

Y probablemente era porque, después de haber visto la fotografía de Rafe D'Angelo con la actriz Jennifer Nichols, eso era exactamente lo que había hecho. Lo cual había sido una tontería por su parte ya que jamás podría competir con la belleza y la sofisticación de una actriz de primera. Aunque tampoco es que quisiera hacerlo. Rafe D'Angelo no significaba nada para ella, al igual que ella no significaba nada para él.

–Y no creo que te hayas esforzado especialmente por mí, así que, ¿te gusta Raphael D'Angelo?

Nina soltó un suspiro de exasperación.

–No lo conozco lo suficiente como para que me guste o no, papá.

–Ayer estuviste un rato a solas con él.

–Creía que, cuando salí de Stanford, quedamos en que seguiría teniendo mi cuadrilla de seguridad, pero que solo te informarían si estaba en peligro.

–Y en eso quedamos –le confirmó su padre con aire despreocupado–. Y eso no ha cambiado, ni cambiará. Tu equipo de seguridad no me ha dado esa información, Nina. No tengo por qué cuando tengo a mi propio equipo.

–Así que uno de los obreros que me acompañaron ayer a la galería era uno de tus hombres –supuso con impaciencia–. Papá, no deberías haberlo hecho –suspiró.

–Solo me interesa saber de qué hablasteis durante los veintitrés minutos que estuvisteis solos en su despacho.

–¿Veintitrés minutos? –repitió Nina incrédula–. ¿Cronometraste el tiempo que estuve dentro?

–Mis hombres lo hicieron, sí –respondió su padre sin inmutarse–. ¿Eres consciente de la reputación que tiene D'Angelo con las mujeres?

–Papá, ¡no pienso seguir hablando de este tema contigo! –dijo alzando las manos–. Mi reunión de ayer con Rafe D'Angelo fue estrictamente profesional.

–¿Rafe?

–Así es como prefiere que lo llame. Y mi reunión de ayer con él fue por ti, he de añadir –sintió un rubor en las mejillas al recordar aquellos breves segundos, justo antes de que saliera del despacho, en los que había parecido que iba a besarla. Justo antes de que ella hubiera puesto punto final a esa posibilidad de acercamiento por su nerviosismo.

–No quiero ver cómo ese hombre te hace daño, *maya doch*.

–Y yo te aseguro que eso no va a pasar –insistió Nina con firmeza–. Ya te he dicho que aún no he decidido si me gusta o no Raphael D'Angelo.

–Pues es una pena porque he decidido que a mí sí me gustas, Nina –dijo una voz exasperantemente familiar.

Nina sintió cómo el color se disipaba de sus mejillas al girarse bruscamente y encontrarse a Rafe D'Angelo junto a la puerta, detrás del mayordomo de su padre; acababa de llegar y estaba arrebatadoramente guapo con un traje negro y esa melena color ébano peinada hacia atrás dejando despejado su precioso rostro.

Rafe casi se rio a carcajadas al ver el gesto de consternación de Nina al darse cuenta de que había oído el comentario que había hecho sobre él. Sin embargo, no había llegado a reírse. No solo no era divertido oírle decir que no estaba segura de si le gustaba o no, sino que su belleza esa noche le había robado el aliento necesario para reírse.

Nina llevaba un vestido del tono verde musgo de sus ojos que se aferraba a sus curvas con dos tirantes y que dejaba al descubierto sus hombros y sus brazos, su escote, y unas largas piernas esbeltas y torneadas, y resaltadas por unos tacones que hacían que alcanzara el metro ochenta. Tenía su salvaje melena pelirroja recogida a la altura de las sienes por unas horquillas de diamantes, pero el resto caía en forma de cascada ondulada por su espalda para posarse por encima de ese torneado trasero que tanto le había gustado mirar el día antes, cuando ella había salido de su despacho.

—Señor, el señor D'Angelo —dijo el inexpresivo mayordomo al anunciar la llegada de Rafe.

—Adelante, señor D'Angelo —le dijo su anfitrión con tono suave.

Rafe le dirigió al mayordomo una sonrisa antes de entrar en el salón y fijarse en que Dmitri Palitov estaba sentado en una silla de ruedas en lugar de en uno de los sillones de terciopelo crema.

—Confío en que entenderá por qué no me levanto a saludarlo, señor D'Angelo —dijo secamente ante la mirada de sorpresa de Rafe.

Una sorpresa que él rápidamente enmascaró bajo una sonrisa educada al cruzar la sala para estrecharle la mano al anciano.

–No hay problema. Y, por favor, llámeme «Rafe». A pesar de no estar segura de si le gusto o no, su hija ya me llama así –añadió suavemente antes de lanzarle una desafiante mirada a Nina. Pero esa mirada no se debía al comentario previo, sino al hecho de que no le hubiera avisado de que su padre estaba en silla de ruedas.

Aunque, por otro lado, tenía que reconocer que eso habría sido difícil ya que, si bien Nina había hecho lo que le había pedido y le había dejado su dirección a su secretaria, él se había asegurado de que los dos no se vieran durante las horas que ella había estado en la galería ese día. Porque estaba enfadado. Consigo mismo, no con Nina.

Nina no sabía que la noche anterior con Jennifer Nichols había sido un desastre por la simple razón de que no había podido dejar de pensar en ella. O, al menos, su rebelde cuerpo se había negado a dejar de pensar en ella.

Tanto que no había sentido el más mínimo deseo por irse a la cama con la bella actriz y se había limitado a besarla en la mejilla antes de llevarla a casa, antes de irse solo a su piso y meterse en su cama vacía. Aunque no para dormir plácidamente, por desgracia, ya que una parte de su anatomía se había negado a claudicar, e incluso cuando finalmente había logrado quedarse dormido, en sus sueños no había dejado de hacerle el amor a Nina.

Como resultado, llevaba todo el día de mal humor y sin ninguna gana de ver o hablar con la mujer que le había provocado su actual falta de deseo sexual por cualquier otra, algo que nunca antes le había pasado y que no le gustaba que le estuviera pasando ahora.

–No culpes a Nina por su comentario. Lo que has oído ha sido solo el resultado de una broma por mi parte.

Rafe se preguntó exactamente qué le habría dicho Dmitri a su hija para provocarle esa respuesta tan vehemente, y esa curiosidad se vio ensalzada por el repentino rubor que tiñó las mejillas de Nina.

–¿Te apetece tomarte una copa de whisky conmigo antes de cenar? –le ofreció su anfitrión educadamente.

–Gracias, Dmitri –asintió Rafe viendo cómo Nina cruzaba la sala en silencio.

–Espero que tu compromiso de anoche resultara próspero.

Rafe, que estaba mirando a Nina, se giró hacia su anfitrión y supo, por la dureza de su expresión, que Dmitri Palitov se había percatado del interés que tenía por su hija y que no estaba seguro de si aprobarlo o no. ¿Estaría al tanto, también, de con quién había tenido un compromiso la noche anterior?

El tono burlón de esos ojos tan desafiantes indicaban que la respuesta a esa pregunta era un rotundo «sí». Dmitri sabía exactamente dónde y con quién había estado la noche anterior.

–De verdad, papá, no deberíamos avergonzar a Rafe preguntándole si disfrutó o no de su cita de anoche con la señorita Nichols –dijo Nina con sorna al entregarle el vaso de whisky evitando deliberadamente el contacto con su mano.

¡Genial! Al parecer, Nina también sabía con quién había estado y esa mirada burlona indicaba que había sacado sus propias conclusiones sobre cómo había terminado la noche.

Nina sintió cierto grado de satisfacción al ver la mirada de inquietud de Rafe D'Angelo al darse cuenta de que los dos sabían que había considerado que pasar una velada... y tal vez también una noche entera... con la preciosa actriz era mejor que aceptar una invitación de un importante cliente.

—No pasa nada. Y sí, pasé una noche muy agradable, gracias.

Su padre se rio suavemente.

—Hoy en día poco se le escapa a la prensa, Rafe. Es el precio que uno tiene que pagar cuando es conocido.

—Claramente —respondió antes de dar un trago de whisky.

Nina sintió cierta admiración por el hecho de que Rafe no hubiera intentado excusarse; muchos hombres, ante alguien tan poderoso como su padre, habrían intentado salir airosos de la situación, pero estaba claro que Rafe no tenía ninguna intención de disculparse ante nadie por lo que hacía o elegía no hacer.

—¿Te apetece ver la colección de joyas antes de cenar, Rafe?

—Me encantaría, gracias.

Nina los acompañó hasta el santuario de su padre, impresionada al oír cómo Rafe mostraba entre susurros su admiración y conocimiento por las preciosas joyas que Dmitri había coleccionado a lo largo de los años.

Verdaderamente era una colección impresionante y única con docenas y docenas de piezas inestimables, varios collares, pulseras y anillos que, en un tiempo, habían sido propiedad de la zarina Alejandra. Pero cada pieza de esa magnífica colección tenía su propia historia y su padre había pasado años aprendiendo cada una de esas historias.

La velada se relajó mucho más una vez volvieron al salón y mantuvieron una interesante discusión sobre la exposición, sobre política y, cómo no, sobre deporte, en especial sobre fútbol americano. Nina había participado durante los dos primeros temas, pero el fútbol americano la aburría, ¡tanto que Rafe no pudo evitar sonreír al verla contener un bostezo!

—Dmitri, creo que estamos aburriendo a Nina —dijo mucho más relajado que al principio.

—¿*Doch*?

—Estoy un poco cansada, solo es eso —le aseguró Nina a su padre con una sonrisa.

—Es tarde —añadió Rafe—. Ya es hora de que me marche.

—Por favor, no te vayas por mí. Es que llevo una semana muy ajetreada, eso es todo.

—No, de verdad debería irme. Mañana tengo que trabajar. ¿Quieres que te acompañe a casa, Nina?

Ella sintió cómo se le aceleró el corazón ante la idea de que el guapo Rafe la acompañara a la puerta, y de que, tal vez, incluso le diera un beso de buenas noches...

Estaba claro que había bebido demasiado del excelente vino de su padre ¡porque Rafe no había insinuado lo más mínimo que estuviera interesado en darle un beso de buenas noches!

No, su ofrecimiento de acompañarla había sido, sin duda, fruto de la educación y, posiblemente, una concesión a los anticuados modales de su padre.

—Es muy caballeroso por tu parte, Rafe —dijo su padre sorprendentemente antes de que Nina tuviera oportunidad de responder–. Mi hija se ha vuelto demasiado independiente para mi gusto después de sus años de universidad.

Rafe vio el brillo de irritación en la mirada de Nina antes de que pudiera enmascararlo. ¿Significaba eso que no le hacía ninguna gracia que esos guardaespaldas la siguieran día y, probablemente, noche también? Imaginaba que debía de ser extremadamente agobiante además de un obstáculo para su vida personal.

Lo cual planteaba una pregunta: ¿tenía Nina un hombre en su vida? Imaginaba que haría falta ser un hombre muy decidido para salir con la hija de Dmitri Palitov y, sobre todo, para soportar la opresiva presencia de esos guardaespaldas cada vez que los dos salieran juntos. Y en cuanto a que pasara algo más íntimo... bueno, ¡eso tenía que ser una pesadilla logística y emocional!

Además, todo ello planteaba la pregunta de por qué la propia Nina lo soportaba. Era una veinteañera preciosa, y claramente inteligente si se había licenciado en Stanford y tal como mostraban los comentarios tan acertados que había hecho esa noche durante las conversaciones que habían mantenido. También estaba bien cualificada y poseía un verdadero talento para el diseño, así que ¿por qué seguía permitiendo que su padre limitara y vigilara cada uno de sus movimientos de ese modo tan obsesivo?

Ese era un aspecto más del misterio sin resolver en el que Nina se estaba convirtiendo para él...

Un misterio que Rafe quería descubrir cuanto más tiempo pasaba en su compañía.

–¿Nina? –preguntó al acercarse a su sillón antes de marcharse.

–Bien –respondió ella tensa–. No tengo ningún problema en que me acompañes al piso de abajo en el ascensor, si es lo que quieres.

Rafe enarcó las cejas.

–¿Vives en este edificio?

–Sí –sus ojos se iluminaron con un brillo de desafío al mirarlo.

–Entiendo...

–Lo dudo mucho.

–Nina –apuntó su padre con tono de reprobación.

Ella cerró los ojos brevemente y respiró hondo antes de volver a abrirlos y esbozar una sonrisa de tensa educación.

–Gracias, Rafe, te agradecería mucho que me acompañaras hasta la puerta –dijo antes de ir a darle un beso a su padre–. Hasta mañana, papá –añadió con tono suave y cariñoso.

–Hasta mañana, *maya doch* –respondió el anciano besándola en la mejilla antes de añadir–: Ha sido un placer conocerte y charlar contigo esta noche, Rafe.

–Lo mismo digo, señor –dijo Rafe distraídamente y con la mirada clavada en Nina, que salió del comedor sin mirarlos a ninguno.

–Mi colección de joyas es muy preciada para mí, Rafe.

–Es impresionante –contestó lentamente y no muy seguro de a qué venía ese repentino cambio de tema.

–Cada pieza es inestimable, pero por muy bella y valiosa que sea mi colección, valoro a mi hija mucho más que a cualquier rubí o diamante.

«Ah... ya...».

–Y por ello siempre haré lo que esté en mi poder para asegurar su bienestar y su felicidad.

—Es comprensible —respondió Rafe con cierta brusquedad.

—¿Sí? —contestó Dmitri con el mismo tono desafiante.

Era la primera vez que Rafe recibía las advertencias del padre de una mujer, pero sí, creía que lo comprendía todo.

—Nina ya es mayor, Dmitri —añadió.

—Sí que lo es, pero aun así, tal vez deberías saber que no miraré bien a ningún hombre que le haga daño a mi hija, tanto si es intencionadamente como si no —esos ojos verdes, tan parecidos a los de su hija, se iluminaron con un brillo de advertencia.

—Gracias por una noche tan agradable, señor —dijo Rafe estrechándole la mano con educación.

—D'Angelo —respondió el hombre estrechándole la mano brevemente y mirándolo fijamente.

Cuando entraron en el ascensor privado unos minutos después, Nina se preguntó si ese silencio que había entre los dos le estaría resultando a Rafe tan incómodo como a ella. Probablemente no. Su ofrecimiento de acompañarla a su apartamento había sido un gesto de educación, nada más, y uno que ella sabía que se disiparía en cuanto el ascensor llegara a su planta en unos segundos.

—¿Esta noche no llevas contigo a tus guardaespaldas? —preguntó él fríamente al acompañarla a la puerta.

Ella esbozó una sonrisa desprovista de humor.

—Hasta mi padre admite que aquí no los necesito. Es el dueño de todo el edificio, controla toda la seguridad y a nadie se le permite ni entrar ni salir sin su consentimiento –explicó con cierto desdén mientras Rafe la observaba.

–¿No es eso llevar un poco al extremo el papel de padre protector?

–Posiblemente –admitió ella.

–¿Y por qué demonios lo soportas? –le preguntó con impaciencia.

–No creo que sea asunto tuyo.

Rafe frunció el ceño con frustración ante la respuesta.

–¿Cuánto tiempo lleva en silla de ruedas?

Nina le lanzó una mirada de sorpresa.

–Casi veinte años.

–¿Y no crees que habría sido buena idea decírmelo antes de que lo hubiera conocido esta noche?

–No sé... No se me ocurrió. Ni a tu hermano tampoco, claro –dijo con impaciencia–. He crecido viendo a mi padre en silla de ruedas, así que ahora ni siquiera me doy cuenta de que está en una.

No, claro que no, y tenía razón; de todos modos, Michael tampoco se había molestado en avisarlo. Una cosa más sobre la familia Palitov que su hermano mayor había olvidado mencionarle.

–¿Cómo pasó? –preguntó Rafe con delicadeza.

–Eh... un accidente –respondió con frialdad.

–¿Qué clase de accidente?

–Un accidente de coche. Se rompió la espalda y lleva en silla de ruedas desde entonces. Fin de la historia –abrió la puerta con su llave de tarjeta–. Gracias por...

–¡Invítame a pasar, Nina!

Nina abrió los ojos de par en par ante la intensidad de la expresión de Rafe; esos brillantes ojos se iluminaron al mirarla.

–No creo que sea una buena idea.

–¿Porque tu padre no lo aprobaría? –le preguntó con sorna.

–Mi negativa no tiene nada que ver con mi padre –y sí mucho con el hecho de que llevaba toda la noche sintiéndose atraída por él como no recordaba haberse sentido atraída por ningún otro hombre. No le encontraba explicación, solo sabía que se sentía atraída hacia él como una polilla al fuego... y probablemente con los mismos resultados. Porque si cedía a esa atracción acabaría gravemente achicharrada.

–Pues yo creo que tiene que ver con él.

–No lo entiendes.

–Tienes razón, no lo entiendo –respondió sacudiendo la cabeza con impaciencia–. No entiendo por qué una joven tan preciosa y con tanto talento permite que su dominante padre le dirija la vida.

–Mi padre no es... –se detuvo y respiró hondo–. Como te he dicho, no puedes entenderlo.

–Pues entonces invítame a tomar un café y explícamelo –dijo alzando las manos y colocándolas a ambos lados de su cuerpo, sobre el marco de la puerta.

Ella se quedó atónita y se puso nerviosa ante su repentina proximidad.

–Ya has tomado café en casa de mi padre.

–¡Por el amor de...! ¿Puedes invitarme a pasar a tu piso, Nina?

–Te he dicho que no me parece buena idea –era una idea muy mala cuando se sentía tan atraída por todo él, por su pelo, sus musculosos hombros, su abdomen plano, sus piernas larguísimas...

–Probablemente no lo sea, pero invítame de todos modos.

—¿A qué viene todo esto? —le preguntó con mirada de perplejidad.

—Lo mire por donde lo mire, ha sido una noche horrible. Cuando he llegado, he oído a mi anfitriona decir que no le gusto.

—Que no estaba segura de que me gustaras —lo corrigió ruborizada—. Y mi padre ya te ha explicado la razón del comentario.

—En parte, sí. Un hombre interesante tu padre —añadió con brusquedad—. El anfitrión perfecto, tan gentil y encantador.

—¿Por qué suenas tan burlón al decirlo?

—Probablemente porque tu padre, por muy educado que haya sido, me ha estado advirtiendo que me mantenga alejado —dijo exasperado.

—No lo entiendo —respondió ella sacudiendo la cabeza aturdida; parecía que se habían llevado muy bien durante la cena—. ¿De qué te ha advertido que te mantengas alejado?

—De ti —respondió mirándola.

Ella abrió los ojos de par en par.

—¿De mí?

—Tu padre ha aprovechado la oportunidad después de que hayas salido del comedor para advertirme de un modo muy sutil y decirme que preferiría que en el futuro me mantenga bien alejado de su hija.

—Oh, no —se sintió palidecer; sabía que su padre era perfectamente capaz de haber hecho algo así.

Y por primera vez en su vida lamentaba esa actitud tan protectora. Por primera vez en su vida quería lo que quería, y esa noche, después de haberse ido sintiendo cada vez más atraída hacia él, había descubierto que quería, que deseaba a Rafe D'Angelo.

–Sí –confirmó Rafe con rotundidad–. ¿Lo hace con todos los hombres que conoces o me ha elegido por alguna razón en especial?

–No tengo ni idea –pero estaba dispuesta a descubrirlo, a tener una conversación cara a cara con su padre; eso sería lo primero que haría a la mañana siguiente–. Hablaré con él... ¿De verdad que te ha dicho eso? –le preguntó avergonzada.

–De verdad que sí –le confirmó.

–En ese caso, te pido disculpas. No tengo ni idea de por qué se le ha ocurrido pensar que tú... Por qué se le ha ocurrido pensar que hay alguna posibilidad de que los dos... –se detuvo al darse cuenta de que estaba empeorando la situación aún más, si es que eso era posible.

¿Cómo podía su padre haber hecho algo así? ¿Cómo podía haberla humillado de ese modo ante un hombre al que tendría que ver a diario durante dos semanas, al menos? Un hombre por el que se sentía atraída como si fuera un imán.

–Invítame a pasar, por favor, Nina –insistió.

Ella lo miró con indecisión y nerviosismo al captar el ronco tono de su voz y ver el brillo que se había intensificado en esos ojos dorados.

–¿Por qué insistes tanto en que te invite a pasar? –por lo poco que lo conocía tenía la impresión de que ese hombre siempre hacía lo que quería sin esperar a que nadie lo invitara–. ¿No serás un vampiro ni nada así, no? –añadió con tono animado en un intento de aliviar la tensión sexual que los rodeaba.

–No creo. ¡Aunque sí que he mordido algún cuello que otro!

Nina se arrepintió al instante de haber bromeado.

—¿Por qué estás empeñado en que te invite a mi piso? —repitió con decisión, tentada, sí, muy tentada, tanto por Rafe como por la idea de, por una vez en su vida, desbaratar los planes de su padre y de los guardaespaldas.

—Porque no creo que necesites otro hombre mandón y dominante diciéndote lo que tienes que hacer.

—Mi padre es... Tiene motivos para comportarse como lo hace... Tú no lo entiendes —repitió en voz baja.

—Tienes razón, no lo entiendo. ¡No entiendo por qué una mujer tan bella e inteligente permite que su padre le dicte cómo vivir su vida!

¿Cómo podría alguien comprender el miedo con el que había vivido su padre a diario durante los últimos veinte años, el pavor a que cualquier día pudieran arrebatarle a su hija?

Del mismo modo que le habían arrebatado a su amada esposa...

Capítulo 4

INVÍTAME a pasar, Nina –repitió al ver la indecisión en su expresión.

Ella se lo quedó mirando unos segundos sin decir nada antes de asentir bruscamente y girarse para entrar en el piso y encender la luz.

Rafe pasó tras ella, cerró la puerta y, sin dejar de mirarla, la rodeó con los brazos y la llevó hacia sí. Nina levantó las manos instintivamente hacia sus hombros y lo miró a lo ojos, totalmente consciente de su erección haciendo presión contra la suavidad de su abdomen; la misma excitación que había brillado por su ausencia la noche anterior con Jennifer Nichols.

–Es imposible que un hombre pueda ocultar su reacción ante una mujer preciosa, ¿verdad? –murmuró.

La sedosa garganta de Nina se movió cuando tragó saliva antes de decir:

–Eh... sí, supongo que sí.

Rafe tenía la mirada clavada en sus carnosos labios, los mismos que lo habían estado volviendo loco toda la noche y que había sido incapaz de dejar de mirar mientras ella había bebido, comido y se había relamido después de probar la mousse de limón del postre.

Tal vez después de todo sí que se había merecido la advertencia de Dmitri. No había duda de que el hombre se había fijado en todas las ocasiones en las que los había contemplado imaginándose las múltiples formas en las que podrían darle placer a un hombre.

Ahora Nina se los estaba humedeciendo con la punta de la lengua.

—¿Quieres café?

—No.

—Ah.

Rafe podía sentir el nerviosismo de Nina, al igual que podía sentir el temblor de su cuerpo apoyado tan íntimamente contra el suyo. Sentía la calidez de sus manos a través de la tela de la chaqueta y de la camisa. Unas manos largas y elegantes que había deseado ver posadas sobre su piel desnuda.

Sí, tal vez después de todo, sí que se había merecido la advertencia de Dmitri.

Fue imposible que a Nina se le escapara el deseo que iluminó los ojos de Rafe antes de que este bajara la mirada hacia sus pechos.

—Quiero besarte, Nina.

—Sí —respondió ella apoyándose contra él mientras le temblaban las piernas y sus manos se aferraban a sus musculosos hombros.

—Y después me gustaría desnudar y acariciar estos preciosos pechos —los cubrió con sus manos y con el pulgar acarició su inflamado pezón—. Con mi lengua y mis dientes además de...

—¿Puedes dejar de hablar, Rafe, y hacerlo? —protestó ella suavemente y casi jadeando de la excitación.

Apretó los dientes al sentir su cuerpo excitado y una intensa humedad cubriendo los pliegues ya inflamados entre sus muslos.

—Resulta que, después de todo, no te da miedo pedir lo que quieres –dijo él con una sonrisa al hundir una mano en su melena y quedarse mirándola fijamente unos segundos antes de echarle la cabeza atrás y robarle un beso.

La besó con unos labios firmes, pero suaves, que saborearon los suyos a la vez que su lengua los acariciaba y se colaba en el calor de su boca para después entrelazarse con la suya.

Nina llevó las manos hasta sus hombros para enredar sus dedos en su sedosa melena color ébano, y él siguió besándola intensamente, con deseo, moviendo las manos por su espalda antes de posarlas en sus nalgas y llevarla contra la dureza de su erección.

Ese continuado y sensual ataque de los labios y la lengua de Rafe la excitó hasta el punto de incendiar su cuerpo de deseo. Le faltaba la respiración cuando Rafe dejó de besarla para hundirse en su cuello y bajarle los tirantes del vestido. La cremallera resultaba muy fría contra su encendida piel a medida que él la bajaba para dejar expuestos sus pechos desnudos.

El calor de sus labios ahora recorrió la curva de sus pechos desnudos y su lengua los saboreó y atormentó. Le temblaban las rodillas y lo único que la mantenía en pie era la fuerza del brazo de Rafe rodeándola por la cintura mientras tomaba uno de sus pezones en su boca.

¡Cielos!

Sí, se sentía como si estuviera en el Cielo cuando Rafe acarició y succionó sus pechos y sus pezones, cuando sus dedos y su lengua atormentaron su sensible piel y le provocaron un placer que hizo que se le humedeciera la ropa interior.

Nina dejó escapar un gemido. Estaba excitadísima... Necesitaba... necesitaba...

Mostró su decepción cuando Rafe apartó la boca y alzó la cabeza para mirar las rosadas e inflamadas cúspides de sus pechos.

—Qué preciosidad —murmuró al tocarle los pezones con la suavidad de sus dedos.

Nina apenas podía respirar mientras esperaba a ver qué tenía pensado hacer Rafe a continuación ... ¡Ojalá fuera lo que ella quería!

Rafe seguía contemplando sus preciosos pechos coronados por unos pezones que se habían enrojecido y aumentado por la atención que le habían concedido sus manos y su boca. Unos pezones que aún suplicaban más atenciones.

Y él estaba más que dispuesto a dárselas, al igual que deseaba explorar los sedosos pliegues ocultos entre sus muslos. Ahora podía oler la excitación de Nina, cremosa y con un toque picante, y quería lamer esa cremosidad, beber su esencia mientras sus labios y su lengua exploraban esos pliegues inflamados, y después quería saborearla, poder notarla en su boca durante horas.

Cuando ella lo miró, no tuvo duda de que Nina también quería todo eso... Sin embargo, no podía hacerlo.

Sabía lo que los periódicos publicaban sobre él: que montones de mujeres desfilaban por su dormitorio, mujeres que cambiaba tan a menudo como cambiaba de sábanas. Y hasta cierto punto era cierto. Pero aun así Rafe tenía sus propias reglas en lo que respectaba a las mujeres que entraban en su vida por poco tiempo. Nunca les ofrecía falsas promesas. Nunca engañaba a la mujer con la que se estaba acostando en ese momento. Y cuando dejaba de ser divertido para cualquiera de los dos, él, con mucha delicadeza, le ponía fin a la relación.

Pero Nina no se parecía a ninguna mujer que hubiera conocido. Ella era más. Mucho más. Y suponía la clase de complicaciones emocionales que él siempre había querido evitar en el pasado.

Era mucho más joven que esas otras mujeres, se había pasado sus veinticuatro años bajo el cobijo de su protector padre, y le faltaban la sofisticación y el cinismo que a las otras mujeres les habían permitido aceptar las pocas semanas de relación que Rafe les había ofrecido.

También había que tener en cuenta el hecho, por ridículo que pudiera parecer, de que estaba allí esa noche tras haber sido invitado por el padre de Nina, un hombre tan peligroso como poderoso y con quien la galería de Rafe estaba haciendo negocios. Y él nunca había mezclado el trabajo con el placer.

Y por último, aunque resultara más ridículo aún, Nina y él no habían tenido ninguna cita.

–¿Rafe? –preguntó Nina con inseguridad mientras él permanecía quieto e inmóvil frente a ella, mirándola. Se sentía totalmente expuesta con el vestido bajado hasta la cintura, y los pechos aún desnudos e inflamados por las caricias de sus labios y sus manos.

Tenía la barbilla apretada y sus oscuras pestañas ocultaban la expresión de su mirada cuando se agachó para subirle los tirantes del vestido. Nina estaba demasiado impactada por lo sucedido como para ofrecer la más mínima resistencia cuando Rafe la giró para poder subirle la cremallera... diciéndole así que su encuentro había terminado.

–¿Cenas conmigo mañana, Nina?

–¿Por qué?

—¿Cuando un hombre te invita a cenar con él sueles preguntarle el porqué?

Nina alzó la barbilla a la defensiva.

—Solo cuando ese mismo hombre salió a cenar con otra mujer la noche antes.

Él apretó los labios.

—No tengo ninguna intención de volver a ver a Jennifer Nichols.

—¿Y ella lo sabe?

—Ah, sí —respondió con desdén.

—Yo... Que hayamos hecho el amor ha sido... una aberración, Rafe —aunque no estaba segura de poder llamarlo «hacer el amor» cuando había sido ella la única a medio vestir, y Rafe había permanecido tan inmaculadamente vestido como cuando había llegado a casa de su padre esa noche.

Bueno, tal vez no tanto. Ahora tenía el pelo más alborotado y las comisuras de los labios manchadas de su lápiz de labios melocotón.

—No te veas obligado a invitarme a cenar porque las cosas se nos hayan ido un poco de las manos —añadió con firmeza.

—¿Una aberración? —repitió Rafe conteniendo las ganas de reírse.

—Sí, una aberración. Quiero que sepas que no tengo la costumbre de permitir que hombres al azar me hagan el amor.

—¿Hombres al azar? —en esa ocasión sí que no pudo contener la risa—. ¿Eso me consideras? ¿Un hombre al azar con el que has terminado haciendo el amor por casualidad?

—Está claro que esta noche he bebido demasiado vino —dijo irritada por su tono de broma.

–Y yo creo que ahora estás siendo deliberadamente insultante, Nina.

Sí, así era, y Nina tuvo que admitirlo, porque le resultaba imposible encontrarle explicación a ese comportamiento libertino que acababa de demostrar con Rafe. Hacerlo sería admitir que él le había calado muy hondo, que le había hecho desear cosas, ansiar la libertad de poder ceder por completo ante esa atracción.

–Tal vez, pero me gustaría que te marcharas ahora.

–¿Y siempre consigues lo que quieres?

«Rara vez», pensó Nina con pesar.

Sí, materialmente podía tener todo lo que quisiera ya que la riqueza de su padre siempre se lo había asegurado. Sin embargo, al volver de Stanford tres años antes con su licenciatura en la mano, había tenido sueños, planes de futuro, la ilusión de crear su propio negocio, de convertirlo en un éxito, de conocer a un hombre al que pudiera amar y que la amara, de casarse y tener su propia familia, pero en lugar de conseguir todo ello, se había vuelto a ver sumida en el estilo de vida recluido y extremadamente protector de su padre.

No, eso no era justo para él; era ella la que se había permitido dejarse arrastrar por todo ello, la que no había luchado lo suficiente por las cosas que había querido.

Porque entonces a su padre lo había encontrado mucho más frágil que cuando se había marchado a estudiar tres años antes. Porque estaba claro que él había necesitado tenerla cerca de nuevo y saber que estaba a salvo. Por eso Nina había aparcado sus sueños y esperanzas, tanto que los había olvidado hasta ahora.

Hasta que Rafe D'Angelo y esa atracción que sentía por él le habían obligado a recordarlas.

—¿Nina? —preguntó Rafe ante su continuado silencio.

Ella respiró hondo.

—Gracias por tu invitación a cenar, Rafe, pero preferiría que no.

—¿Por qué no?

—¿Sueles preguntarle eso a una mujer cuando te dice que no?

Los cincelados labios de Rafe esbozaron una sonrisa.

—Cuesta un poco decirlo cuando no puedo recordar que me haya pasado nunca.

—Bueno, pues ahora te está pasando.

—Pero por motivos equivocados.

—No hagas como si me conocieras, Rafe.

Él se encogió de hombros.

—Si puedes, niega que te resulta más fácil negarte a salir conmigo.

Sí que era más fácil. Y no solo eso, sino que Nina sabía que era lo correcto... Si no fuera porque de verdad quería aceptar la invitación. Esa atracción que sentía por Rafe le hacía querer rebelarse contra las limitaciones que su padre le imponía en la vida.

—¿Y tú qué motivos tienes, Rafe? ¿Estás pidiéndome que salga a cenar contigo porque te gusto y quieres pasar algo de tiempo conmigo? ¿O me lo estás pidiendo porque estás enfadado con mi padre por la advertencia de antes y solo quieres enfadarlo?

—Eso no es muy halagador, Nina. Ni para ti ni para mí.

—No, si lo último es verdad.

Rafe la miró fijamente no muy seguro de si se sentía más molesto por las sospechas con respecto a su invitación a cenar o por la realidad de la vida que ella debía de haber llevado hasta el momento para llegar a sacar esas conclusiones. Pero fuera como fuera, no tenía ninguna intención de echarse atrás.

—No es por eso. Así que, dime, ¿tu respuesta es sí o no, Nina?

La indecisión en esos preciosos ojos verde musgo hizo que Rafe quisiera insistir más, presionarla o seducirla, lo que fuera que funcionara para que terminara aceptando su invitación. Pero se contuvo de hacerlo. Tenía que ser decisión de Nina; había hablado en serio al decir que consideraba que una mujer tenía más que suficiente con un solo hombre dominante en su vida diciéndole lo que tenía que hacer.

Y por eso se mantuvo en silencio, deseando por dentro que aceptara, al mismo tiempo que se preguntaba cuándo se había vuelto tan importante para él que lo hiciera.

¿Tal vez cuando su belleza lo había dejado sin aliento al llegar a la casa esa noche? ¿O mientras la había observado y escuchado durante la cena? ¿O tal vez cuando le había hecho el amor? ¿O tal vez incluso antes de todo eso? ¿Posiblemente cuando la había visto en la galería el día antes y después había hablado con ella en la intimidad de su despacho?

Fuera la razón que fuera, su invitación a cenar no tenía nada que ver con la irritación que sentía por la advertencia de Dmitri Palitov. En todo caso, que el padre de una mujer le hubiera lanzado una advertencia, a pesar de no recordar haber conocido nunca al padre de ninguna de sus conquistas, habría tenido que bastar para que se alejara todo lo posible. Pero no porque esa amenaza lo hubiera inquietado, sino porque no se complicaba la vida en lo que respectaba a las mujeres, y que el padre de una te lanzara ese tipo de advertencia sin duda era una complicación.

Tenía la sensación de que esa inesperada atracción por Nina Palitov iba a complicarle la vida.

Nina respiró hondo sabiendo que su respuesta a la invitación de Rafe debería ser un «no», y no por la razón que Rafe acababa de darle. Sí, estaba claro que a su padre no le haría ninguna gracia que aceptara la invitación a cenar de Rafe D'Angelo, pero era una molestia que su padre se tendría que tragar por una vez. Tras la charla que mantuvieran al día siguiente, sabría que a ella no le había parecido nada bien que hubiera lanzado esa advertencia a Rafe en un primer lugar.

No, la razón por la que Nina sabía que debía declinar la invitación no tenía nada que ver con su padre, y sí mucho con el hecho de no estar segura de que fuera una buena idea implicarse más de lo que estaba con Rafe. Si pasaba una noche entera a solas con él, no sabía si podría resistirse en el momento de la despedida.

En Stanford había creído estar enamorada en un par de ocasiones de dos compañeros, uno durante el segundo año, y otro en el último curso. Sin embargo, no había tardado en darse cuenta de que no estaba verdaderamente enamorada de ninguno de los dos, posiblemente porque no los había encontrado físicamente excitantes. Tanto que al volver a Nueva York no había tenido ningún interés en repetir la experiencia.

Su respuesta a Rafe de hacía unos minutos, a sus besos y sus caricias, no se había parecido a ninguna de aquellas experiencias previas. La excitación la había dejado sin aliento, no había querido que parara de acariciarla y besarla, habría sido feliz si Rafe la hubiera llevado a su dormitorio antes de desnudarla por completo y hacerle el amor. Había deseado que hubiera hecho el amor con ella.

Ahora que lo miraba y lo veía con ese pelo alborotado alrededor de un rostro perfecto, como esculpido, con su traje de chaqueta ajustado a la perfección a sus anchos hombros y musculoso pecho, a su esbelta cintura y estrechas caderas, fue suficiente para hacerla temblar de deseo.

—¿Sueles ser tan indecisa?

Nina se ruborizó al oír la pregunta con ese tono burlón porque implicaba, sin duda, que esa indecisión era la responsable de que su padre hubiera tomado las riendas de su vida.

—A lo mejor no me parece una buena idea mezclar el negocio con el placer.

Rafe pensaba lo mismo, pero en esa ocasión no parecía tener opción, no cuando se trataba de Nina Palitov. Era quien era, y estaba decidido a pasar una noche a solas con ella. ¡Hubiera o no guardaespaldas!

—¿Sí o no, Nina? —la retó apretando los dientes.

—Oh... de acuerdo, sí... ¡Cenaré contigo mañana! —respondió mirándolo con impaciencia.

Rafe contuvo una sonrisa de triunfo y asintió con satisfacción.

—¿Te recojo aquí a las siete y media?

Ella se estremeció.

—Primero tendré que saber adónde vamos a ir.

—Así que la pequeña rebelión ha llegado a su fin... Ey, no pasa nada, Nina —le aseguró con delicadeza al ver que había empezado a morderse el labio nerviosa. Unos labios que aún estaban inflamados por los besos que acababan de compartir–. No es ningún problema.

–¿No? –sus ojos se veían enormes en la palidez de su rostro.

–No –Rafe había decidido no complicarle más la vida de lo que se la había complicado ya su padre. Por el momento le bastaba con que hubiera accedido a cenar con él–. Mañana en la galería te diré adónde iremos. ¿A que Andy, Rich o alguien parecido a ellos va a registrar el local antes de que lleguemos?

–Haces que suene a película de espionaje.

Rafe se encogió de hombros.

–Supongo que le quita cierta espontaneidad al asunto –admitió él con pesar–. Pero no te preocupes. Haremos que salga bien.

–Gracias.

–¿Por qué? –le preguntó con curiosidad.

–Por no... bueno, por no ponérmelo difícil. Muchos hombres lo harían.

–Espero no ser como muchos hombres, Nina... Ni como un hombre al azar –añadió con tono de broma en un esfuerzo de quitarle peso al tema.

–Deja de preocuparte –se agachó para besarla en los labios–. ¿Nos vemos mañana en la galería?

–Sí.

–Sonríe, Nina, puede que no pase nunca –dijo al no verla nada contenta.

Pero para Nina ya estaba pasando; se sentía demasiado atraída por Rafe, tanto que le había permitido seducirla. Tanto que se estaba rebelando contra algunas de las restricciones impuestas por su padre, y eso era algo que no había hecho nunca antes. Tanto que tendría

que recordarse que ninguna mujer había logrado ama-
rrar al esquivo Raphael D'Angelo, cuyas únicas relaciones habían sido con mujeres rubias y sofisticadas
que entraban y salían de su vida... y su cama... con asom-
brosa regularidad.

¡Y Nina sabía muy bien que ella no era ni rubia ni
sofisticada!

Lo cual no significaba que no pudiera disfrutar de
lo que tenía ante sí: un flirteo por parte de Rafe que
podría, o no, llevarlos a la cama.

Sonrió y le dijo con determinación:

—Estoy muy bien, Rafe. Y sí, mañana estaré en la
galería.

—Bien —respondió con satisfacción—. Y ahora creo
que es hora de que me vaya. Puede que no tengas
guardaespaldas siguiéndote ahora mismo, ¡aunque estoy seguro de que hay cámaras de seguridad y que tu
padre ya me ha visto entrar aquí hace un rato, pero no
me ha visto salir! —añadió con tono animado mientras
los dos recorrían el pasillo hasta la puerta.

Y Nina estaba segura de que así habría sido, lo cual
no implicaba que le gustara, sino que ese nivel de seguridad llevaba en su vida tanto tiempo que prácticamente había empezado a dejar de notarlo. Tal vez había llegado el momento de empezar a estar atenta.

Y tal vez haber conocido a Rafe y esa atracción que
sentía por él era la llamada de atención que había necesitado para cambiar las cosas.

Una vez volvió a su piso veinte minutos después,
Rafe se planteó llamar a Michael, aunque desechó la
idea ya que, de todos modos, su hermano llegaría a

Nueva York el viernes para la gala de inauguración de la exposición Palitov del sábado por la noche.

Entre otras cosas, Rafe iba a aprovechar la oportunidad para discutir una nueva aventura empresarial que tenía en mente para las galerías Arcángel. No mucha gente era consciente de ello, pero Rafe era el hombre de las nuevas ideas y siempre lo había sido. Y la razón por la que la gente no era consciente de ello era que Rafe era bastante modesto y no le importaba que los medios de comunicación lo tuvieran etiquetado como «el playboy» de los tres hermanos.

Aunque tal vez ya había llegado la hora de cambiar eso.

De pronto se preguntó a qué había venido ese pensamiento... ¿No se debería a la atracción que sentía por Nina, verdad? ¿Podría ser?

¡Maldita sea! Tenía que concentrarse en descubrir más cosas sobre el enigmático Dmitri Palitov, y no sobre su hija.

Nina había dicho que su padre estaba en silla de ruedas porque había tenido un accidente de coche, lo cual probablemente explicaba por qué se había vuelto tan ermitaño. Sin embargo, un accidente no explicaba por qué estaba tan obsesionado con la seguridad.

Y, sobre todo, con la seguridad de su hija.

Capítulo 5

NUNCA había comido aquí –le dijo Nina a Rafe al mirar a su alrededor con gesto de apreciación. Los habían sentado en una mesa apartada, cerca de la ventana de un moderno y desorbitadamente exclusivo restaurante de Nueva York.

Situado en el último piso de uno de los rascacielos más prestigiosos de la ciudad, y con vistas de trescientos sesenta grados, era uno de los lugares de moda para los ricos y famosos.

Tal como había dicho que haría, Nina había pasado el día en la galería, la mayor parte del tiempo dudando entre salir a cenar con Rafe o decirle que, al final, no podría ir. Esto último no se debía a que su padre se lo hubiera impedido; sí, el hombre había apretado los labios con gesto de desaprobación al enterarse, pero había decidido no hacer ningún comentario, tal vez después de ver la expresión de terquedad de su hija.

No, el temor de Nina ante el hecho de salir a cenar se había debido a una razón completamente distinta. Y esa razón era el propio Rafe D'Angelo.

Rafe no se parecía en nada a ningún hombre que hubiera conocido nunca. Era seguro de sí mismo y contundente, aunque no de un modo que resultara molesto, y tenía un pícaro sentido del humor, además de ser inteligente sin resultar pedante, y un aspecto de chico malo que ni el elegante traje negro con camisa blanca y corbata que llevaba esa noche había podido atenuar.

Por si eso fuera poco, no se dejaba intimidar por su padre, a diferencia de muchos otros hombres. Desde su regreso a Nueva York tres años atrás, Nina había salido únicamente con tres hombres y todos ellos, sin excepción, se habían desvivido por impresionar a su padre dejándola a ella en un segundo plano.

Por otro lado, era respetuoso con su padre, pero al mismo tiempo no se veía abrumado ni por el poder ni por la riqueza de los Palitov. No, Rafe era un hombre encantador, mundano, rico y muy seguro de sí mismo y de sus habilidades.

Una combinación peligrosa para una mujer que siempre había sabido el efecto que producían en la gente el poder y la riqueza del apellido Palitov.

—He oído que este sitio tiene semanas de lista de espera —añadió una vez el camarero les había servido a cada uno una copa de vino rosado en cuanto se habían sentado.

—El dueño es amigo mío.

Nina sonrió.

—¿Y era amigo tuyo antes de que empezaras a venir a comer aquí a menudo o eso surgió después? —no era el mismo restaurante en el que lo habían fotografiado con Jennifer Nichols, pero Nina estaba segurísima de que sí que había visto otras imágenes por Internet de él saliendo de ese local en particular acompañado por otras bellas mujeres.

Rafe se encogió de hombros.

—Conocía a Gerry desde antes de que abriera el restaurante. Por cierto, le ha gustado mucho la visita de tus guardaespaldas.

–¿No estoy segura de si eso es un sarcasmo o no?

–No. Al parecer han hecho un barrido por todo el local y después, ya que aún les faltaban dos horas para estar de guardia otra vez y que el restaurante seguía cerrado, los tres se han sentado a echar una partida de póquer hasta la hora de apertura. A Gerry le encanta jugar al póquer, sobre todo cuando gana.

Nina se rio.

–Eso les pega mucho a Lawrence y a Paul; me enseñaron a jugar al póquer cuando tenía diez años y empecé a ganarlos cuando tenía doce.

–¿Juegas al póquer con tus guardaespaldas?

–No tanto desde que les empecé a ganar –respondió riéndose.

–Pues recuérdame que nunca juegue contigo al strippóquer. ¿A esa edad no deberías haber estado jugando aún con muñecas o esas cosas de chicas?

–¡Sexista! Yo nunca he jugado con muñecas y, mucho menos, con doce años. Me interesaban más los chicos que las cosas de chicas.

–Y jugar al póquer –ahí tenía un dato más sobre la infancia de Nina. No solo había crecido sola con su padre, sino que sus únicos compañeros durante aquellos años habían sido, al parecer, sus guardaespaldas.

–Solo hasta que empecé a ganar –le recordó.

–Gerry quería que te diera las gracias por dejar que tus hombres hagan guardia fuera del restaurante en lugar de dentro.

–Seguro que es porque así pueden inspeccionar a los que entran. Soy consciente de que pueden ser un poco indiscretos.

–Te he dicho que no te preocupes por ello.

Y lo estaba intentando, de verdad que sí.

–¿Qué estamos celebrando? –preguntó mirando la botella de vino con curiosidad.

–¿La vida?

Nina sonrió al alzar la copa y brindó con él antes de dar un trago; le encantaba el vino rosado y Rafe había pedido una botella de su bodega favorita. ¿Sería coincidencia o lo habría sabido de antemano?

Rafe le sonrió.

–Me declaro culpable –dijo en respuesta a esa pregunta que no había llegado a formularle–. Hoy he llamado a tu padre y le he preguntado el nombre de tu vino favorito.

–¿En serio?

–Hmm –apoyó los codos sobre la mesa y la miró fijamente con la copa entre los dedos.

Estaba absolutamente impresionante esa noche. Llevaba un vestido negro a la altura de la rodilla que se ceñía deliciosamente a la esbeltez de sus curvas, pero que dejaba al descubierto su cuello y sus brazos. Como maquillaje, un simple toque de sombra verdosa, pestañas largas y oscuras, mejillas color melocotón y los labios con un brillo melocotón más intenso. Llevaba el pelo recogido en un moño suelto que dejaba al descubierto y vulnerable su cremoso cuello.

Irónicamente, y teniendo en cuenta la colección de joyas única e inestimable de su padre, Nina no llevaba ninguna joya esa noche. No había nada que compitiera con la suave perfección de su cremosa piel melocotón, solo un par de pequeños diamantes como pendientes.

Rafe era consciente de que habían sido esa elegancia y esa belleza tan sencillas, en contraste con las

otras mujeres exageradamente maquilladas y recarga-
das, lo que había captado la atención de todos los
hombres que había en la sala cuando los dos habían
entrado juntos.

En respuesta a esas miradas, él la había rodeado con
el brazo por la cintura, la había llevado contra su cuerpo
de camino a su mesa. Aunque no con una actitud pose-
siva, exactamente. Rafe nunca había sido posesivo con
las mujeres, si bien en esa ocasión sí que había querido
que a esos hombres les quedara claro con quién estaba
Nina esa noche. ¿Era eso ser posesivo? ¡No tenía ni
idea! Lo que sabía era que no le había gustado nada que
los demás la hubieran mirado.

Ella se humedeció sus carnosos labios con un nervioso movimiento de lengua.

—¿Has hablado hoy con mi padre...? —repitió.

—Una llamada de cortesía para darle las gracias por
la cena de anoche.

—¿Eso es todo?

—Ya te lo he dicho, también quería saber el nombre
de tu vino favorito.

—¿Y mi padre te lo ha dado sin más? —preguntó con
escepticismo; le costaba creer que, después de las advertencias de su padre a Rafe la noche anterior, él hubiera llamado para darle las gracias por la velada y su
padre le hubiera dado el nombre de su vino favorito
tan tranquilo.

—Tu felicidad es muy importante para él —Rafe dio
otro trago sin dejar de mirarla.

—Rafe...

—Relájate, Nina. Vamos a ver la carta y a pedir, y
después, si aún quieres, puedes preguntarme cualquier
cosa sobre mi conversación con tu padre.

¡Oh, sí, eso querría hacerlo! Además, no podía evitar preguntarse si la conversación con su padre sería la razón por la que Dmitri no había puesto ninguna objeción cuando ella le había contado lo de su cita con Rafe. Sin duda, eso explicaba que no se hubiera mostrado nada sorprendido.

—Suéltalo, Nina —le dijo Rafe una vez hubieron elegido sus platos—. Por esa mirada de preocupación puedo ver que sigues preguntándote los motivos por los que he llamado a tu padre.

—¿Tan predecible soy?

—¡Claro que no! —respondió él riéndose. Esa mujer había sido un enigma para él desde el principio, y cuanto más la conocía, más misteriosa se volvía.

Sus incursiones en Internet le habían dicho que Nina había pasado su infancia estudiando en casa durante los primeros años y viviendo exclusivamente con su padre, postrado en la silla, y con los hombres musculosos que conformaban la cuadrilla de seguridad, lo cual hacía que resultara doblemente increíble que hubiera logrado marcharse a la universidad. Estaba convencido de que a Dmitri le habría dado un ataque al verla marchar, al mismo tiempo tenía que admirar a Nina por haber tenido la fortaleza de romper ese caparazón protector que la envolvía. Pero, incluso así, aun habiéndose liberado durante tres años, Nina había vuelto a meterse en ese anillo de seguridad tras su regreso a Nueva York. Sí, ahora tenía su propio apartamento en el edificio de su padre, pero seguía estando bajo su protección, y los trabajos de diseño que hacía siempre eran para la empresa de Dmitri.

Con respecto a los años que siguieron a la muerte de su madre, Rafe no había logrado encontrar ninguna información, ni tampoco ningún artículo sobre el fallecimiento de Anna Palitov. Del mismo modo, únicamente había encontrado una escueta mención sobre el accidente que había dejado en silla de ruedas a Dmitri; un accidente en el que, al parecer, habían muerto en el acto dos de los tres ocupantes del otro coche.

Misterio, tras misterio, tras misterio.

Y Nina, con esa timidez, esa vibrante belleza, tan sexy e inteligente, era el centro de ese misterio.

—No he llamado a tu padre ni le he contado lo de la cena con la idea de retarlo por la advertencia de anoche —le aseguró.

—¿No?

—No —respondió—. Espero no parecer tan vengativo ni mezquino.

Un delicado rubor tiñó las mejillas de Nina ante la reprobación de Rafe.

—¿Entonces por qué se lo has dicho?

—Para que no tuvieras que hacerlo tú —posó la mano sobre la suya—. Nina, soy consciente de lo unidos que estáis y lo último que quiero es ser la causa de cualquier tensión entre los dos. Lo que quiero es que nos conozcamos mejor y no tengo ninguna intención de hacerlo dejando que seas tú la que tenga que darle explicaciones a tu padre.

A Nina se le saltaron las lágrimas. Rafe era demasiado para una mujer; demasiado guapo, demasiado encantador, demasiado divertido, y demasiado atractivo sexualmente para su bien. Esa noche se había sentido totalmente atraída nada más abrir la puerta de su piso y verlo en el pasillo, aún con el pelo húmedo de la ducha, recién afeitado, con esos ojos dorados recorriéndola lentamente...

Por eso añadir la comprensión y la compasión a la larga lista de atractivos de Rafe era ser muy injusta con el resto de las mujeres. Pero no tenía duda de que lo que fuera que Rafe le había dicho a su padre durante la conversación telefónica había ayudado a allanar el camino para la conversación que ella misma tendría con su padre esa noche.

–Puede que Dmitri y yo no estemos del todo seguros de si nos caemos bien –continuó Rafe–, pero creo que sí nos respetamos. Y eso es un comienzo.

Sí, Nina entendía que su padre era tan anticuado como para haber valorado positivamente el hecho de que Rafe le hubiera dicho que saldrían a cenar, por mucho que no le hubiera gustado la idea. Su padre admiraba el valor, lo respetaba, y Rafe lo tenía en abundancia.

–Siento haber desconfiado.

–No pasemos la noche disculpándonos, Nina –la interrumpió apretándole la mano una última vez antes de que el camarero les sirviera el primer plato.

–Bueno, cuéntame qué haces en Arcángel.

–¿Que qué hago?

–Sé que tus hermanos y tú dirigís las galerías, pero seguro que eso no te roba todo tu tiempo.

Y así fue como Rafe terminó contándole más sobre el trabajo que hacía y sobre las nuevas ideas que tenía para Arcángel. Le contó además algunas anécdotas de su infancia y de cómo había sido crecer con sus hermanos.

–¡Pobrecilla tu madre! –dijo Nina riéndose después de que Rafe le relatara la historia en la que Gabriel y él metieron una rana en la cama de su abuela cuando fue a pasar el verano con ellos–. ¿Y Michael no participó? –preguntó con curiosidad al dar un sorbo del café que estaba marcando el final de la cena.

Rafe sacudió la cabeza.

–No. Incluso con doce años Michael era el serio y el responsable.

–A lo mejor pensó que no tenía otra opción con dos hermanos pequeños tan traviesos.

–No se me había ocurrido, pero podrías tener razón. Por cierto, he hablado con él esta tarde.

–¿Está en Nueva York?

–Sigue en París. Hemos hablado por vídeo conferencia.

–¡Qué ocupado has estado hoy!

–¿Es que las cosas que te he contado no te demuestran que estoy ocupado todos los días?

Sí, cierto, admitió Nina para sí, no segura de por qué Rafe había elegido responder sus preguntas tan sinceramente, pero complacida de que lo hubiera hecho porque ahora sabía que ese hombre era mucho más de lo que aparentaba, que tenía una profundidad que los demás ignoraban.

–¡Creo que son los periódicos los que prefieren informar de tus actividades nocturnas en lugar de las diurnas!

–Les encanta informar sobre lo que creen que son mis actividades nocturnas –aclaró.

–¿Es que todas esas fotos tuyas con mujeres preciosas son invención de la prensa?

Por desgracia, Rafe sabía que no lo eran. Y la peor de todas era la que le habían sacado con Jennifer Nichols dos noches atrás, cuando se había negado a cancelar su cita para cenar con Nina y su padre.

–La razón por la que he hablado con Michael –dijo

cambiando de tema– es que quería ver qué le parecía que te pida que nos diseñes nuevas vitrinas para las tres galerías.

–¿Yo? –sin duda, se había quedado atónita con la propuesta.

–¿Por qué no? Las que has diseñado para tu padre tienen una sencillez que las hace elegantemente hermosas. La misma elegancia y sencillez que buscamos en Arcángel.

–Bueno, sí, me he fijado en eso estos últimos días, pero... Ya tengo trabajo.

–Trabajas con tu padre.

Nina pudo captar el tono de desaprobación de Rafe. Y tal vez era merecido después de todos los años que había pasado estudiando Diseño en Stanford. Pero Rafe no lo entendía; nadie lo entendía. Porque la mayoría de las personas, él incluido, no tenían la más mínima idea de lo que les había pasado diecinueve años atrás. Nina era bien consciente de que su padre había empleado la riqueza y el poder Palitov para asegurarse de que ninguno de aquellos sucesos salieran a la luz pública.

–¿Es que no tienes sueños propios, Nina? –insistió él negándose a dejar el tema–. ¿La ambición de hacer algo más con tu vida que permanecer a la sombra de tu padre?

Ella palideció ante ese ataque lanzado tan bruscamente.

–Eso ha estado fuera de lugar –murmuró ella.

–¿Pero no es cierto?

–Gracias por una cena encantadora, Rafe, pero creo que tal vez es hora de que me marche.

–Te llevo a casa –le dijo él con gesto serio.

–Lawrence y Paul me llevarán.

Rafe sacudió la cabeza con decisión.

–Yo te he traído aquí y yo te voy a llevar a casa.

–¿Por qué? –sus ojos se iluminaron intensamente–. ¿Para que puedas seguir insultándome? ¿Porque he hecho demasiadas preguntas? ¿O porque las has respondido? –añadió con astucia al levantarse.

Rafe se levantó también y la agarró del brazo.

–¿Y esto es lo que haces, Nina? ¿Salir corriendo cada vez que alguien dice algo que se acerca a la verdad?

A ella se le llenaron los ojos de lágrimas.

–¿Quieres decir que salgo corriendo a casa con papá?

Él se estremeció al ver esas lágrimas nadando en su atribulada mirada verde.

–Yo no he dicho eso.

–Pero lo has insinuado –dijo intentando que le soltara el brazo, aunque sin lograrlo–. Estás montando una escena, Rafe –murmuró al ver las miradas curiosas de la gente.

Y sí, por supuesto que tenía ambiciones, sueños y esperanzas. ¡Muchos! De hecho, uno de ellos había sido ir a Stanford... y lo había cumplido. Pero no había tenido en cuenta lo frágil que encontraría a su padre a su regreso a Nueva York, una fragilidad de la que se sentía en parte responsable porque sabía lo preocupado que había estado teniéndola lejos. Por eso, en aquel momento, lo máximo que se había permitido pedirle había sido que le dejara vivir en su propio piso en lugar de seguir viviendo con él en el ático.

Sin embargo, eso no significaba que hubiera perdido las ganas de levantar su propio negocio de diseño o de poder aceptar encargos como el que acababa de ofrecerle Rafe para las galerías. Solo pensar en aceptarlo hizo que el corazón le pegara un brinco de emoción.

Pero eso jamás sucedería. No, mientras su padre estuviera vivo, y Nina lo quería a su lado durante muchos años más.

–Cuidado, Rafe... –le dijo con tono de burla– ¡o lo próximo que verás en los periódicos es una foto tuya maltratando a una mujer en el restaurante de tu amigo!

–Gerry no permite la entrada a la prensa.

–De todos modos, te agradecería que me soltaras el brazo –le dijo desafiante.

Y Rafe habría agradecido haber pasado una noche con ella sin tener que acabar discutiendo.

Tal vez no debería haber sacado el tema del diseño todavía. Tal vez no debería haberla desafiado a tener sus propios sueños en lugar de los impuestos por su padre. Y, sin duda, no debería haberla acusado de salir huyendo cuando el tema se había vuelto demasiado personal.

Así que, ¿por qué lo había hecho?

Porque ella se había acercado demasiado; al responder sus preguntas, Rafe le había permitido ver al astuto empresario con ideas que se ocultaba detrás del playboy, y eso lo había desconcertado porque jamás había permitido que ninguna mujer lo interrogara de ese modo sobre su trabajo o su familia.

–Hablaremos de esto en el coche.

–Ya te he dicho que iré con Lawrence y Paul.

–Oh, no, Nina, no vas a ser tú quien me diga quién te va a llevar a casa –le aseguró con voz suave y sin soltarla mientras salían del restaurante y le hacía una señal a Gerry para que le enviara la factura–. Vamos a mi piso –informó a los guardaespaldas–. Seguro que sabéis dónde está, ¿verdad? –añadió bruscamente cuando Nina y él entraron en el ascensor.

–Rafe...

–Ahora no, Nina –respondió apretando los dientes.

–Pero...

–Por favor, Nina. Estoy esforzándome al máximo por no... –respiró hondo–. Lo único que quiero ahora mismo es sacarte de aquí para estar en la intimidad de mi casa.

Justo cuando salieron a la calle le entregaron el coche; no había duda de que Gerry había avisado a los aparcacoches. Nina entró en el vehículo justo cuando los dos guardaespaldas salían corriendo del edificio tras ellos y se subieron a su coche.

El silencioso trayecto hasta el piso de Rafe, seguidos por la limusina que ocupaban Lawrence y Paul, le dio a Rafe tiempo para pensar en la última conversación del restaurante, para aceptar que era responsable de la tensión que había surgido ahora entre los dos. ¡Y eso que había decidido que sería la única persona en la vida de Nina que no le causaría molestias ni tensiones!

–Lo siento –murmuró con un suspiro.

–Creía que no íbamos a pasarnos la noche disculpándonos.

–Esto tengo que decirlo. Mi comentario ha estado fuera de lugar.

–No pasa nada.

Rafe la miró nervioso al ver la estela de sus lágrimas aún cayendo por la palidez de sus mejillas.

–Sí, sí que pasa –contestó indignado consigo mismo.

Sí, cierto, pasaba algo, admitió Nina al darse cuenta de que esa noche con Rafe, una noche que había empezado siendo prometedora y que había estado disfrutando enormemente, estaba terminando de un modo desastroso. Había esperado que esa noche fuera distinta porque Rafe era distinto de todas las personas que había conocido y su conversación de esa noche le había demostrado que no era un simple playboy. Pero ahora podía ver que no funcionaría; que aunque no tenía intención de ignorarla, como habían hecho el resto de hombres, su atracción por Rafe la estaba arrastrando en otra dirección, una que sabía que terminaría provocándole mucho daño a su padre. Y eso era algo que se negaba a hacer porque su padre ya había sufrido demasiado.

Capítulo 6

TE ENCUENTRAS mejor?

–Sí, gracias –le confirmó Nina al mirarlo después de dar un sorbo del brandy que él había insistido en servir para los dos una vez llegaron a su piso.

Al final Nina no había podido resistirse a acompañarlo; si esa iba a ser su única cita, como era probable, tenía intención de aprovecharla al máximo.

–Es de la familia. Lo tres nos quedamos aquí cuando venimos a Nueva York –le dijo al ver la curiosidad con que estaba observando el piso y su moderna decoración en tonos negros, plata y blancos.

–¿Cambiáis mucho de ubicación?

–Cada dos meses o así, a veces más a menudo. Depende de lo que esté pasando en cada momento. El mes que viene tenemos una exposición en París, pero como Gabriel está de luna de miel, Michael decidió ocuparse de la galería de allí por un tiempo. Vendrá aquí el viernes para la gala de inauguración del sábado, por supuesto.

–Mi padre se lo agradecerá.

–A Michael no se le ocurriría no presentarse.

Y aun así, a pesar de su rectitud, Michael no había tenido ningún problema en dejar a Rafe al cargo de la exposición de su padre; una prueba más de que no era el hombre que querían reflejar los periódicos.

Rafe dejó la copa sobre la mesa de café antes de agacharse a su lado y agarrarle la mano.

—Siento muchísimo lo de antes. Siento haberte hecho llorar.

—No es culpa tuya. Tú no puedes entenderlo y yo no puedo explicarlo —añadió con emoción.

—¿Por qué no?

—No es posible.

—¿Por qué no? —repitió.

—Porque no es mi historia y no tengo derecho a contarla.

Rafe ya lo había imaginado y suponía que esa historia tenía que ver con lo que les había pasado diecinueve años atrás, cuando su madre había muerto y Dmitri había tenido el accidente de coche que lo había dejado en silla de ruedas. El hecho de que esos dos sucesos hubieran tenido lugar con solo semanas de diferencia, junto con la negativa de Nina a hablar sobre ello, le hicieron preguntarse si podrían tener relación. Y era algo que le importaba mucho. Saber qué era eso que estaba alejando del mundo a la bella y talentosa Nina era algo que le importaba mucho. ¿Tanto como le importaba esa mujer en sí?

Ahora lo que primaba era descubrir qué había sucedido diecinueve años atrás, por qué Dmitri mantenía a su hija tan protegida y cobijada hasta el punto de correr el riesgo de asfixiarla. La noche anterior, al no haber descubierto nada sobre la muerte de Anna y tras haber dejado volar su imaginación, Rafe incluso se había preguntado si no habría decidido abandonar a su marido y a su hija. Eso, sin duda, explicaría por qué

Dmitri estaba tan decidido a no perder también a Nina.

Nina esbozó una triste sonrisa al ver la rabia contenida en la expresión de Rafe, que debía de estar batallando en su interior contra la impaciencia por el hecho de que ella se negara a contarle la razón por la que no se rebelaba contra la protección de su padre.

No tenía recuerdos de lo sucedido diecinueve años atrás; por aquel entonces tenía cinco años y lo que sabía era lo que su padre le había explicado cuando cumplió los diez. Sí, por supuesto que había sido consciente desde los cinco de que su madre había desaparecido de su vida, y había llorado y pataleado por ello, exigiendo saber dónde había ido su mamá, a lo que su padre había respondido asegurándole que su madre no había querido abandonarlos, pero que no había tenido elección. Pero eso había sido cinco años antes de que le hubiera explicado exactamente por qué Anna los había dejado.

Raptada.

Dmitri había pagado el rescate en su deseo de recuperar a su adorada esposa y, además, había accedido a no dar parte a la policía ni a la prensa por miedo a que la mataran. Sin embargo, el pago del rescate no había evitado que los secuestradores asesinaran a su rehén de todos modos, a la bella y bondadosa madre de Nina. Tras aquello su padre decidió encontrar a los tres responsables y, cuando por fin los había localizado, había concertado una cita con ellos y sus dos coches se habían visto implicados en un accidente que se había zanjado con dos de esos tres hombres muertos en el acto y con Dmitri postrado para siempre en una silla de ruedas.

Nina siempre había tenido dudas con respecto a cómo se había producido el accidente, siempre había sospechado, aunque nunca se había atrevido a preguntar, que su padre había intentado que esos hombres murieran aquel día como venganza por haberle arrebatado a su amada Anna. Razón por la que sabía que jamás podría contarle a nadie lo sucedido diecinueve años atrás sin implicarlo en la muerte de, al menos, dos hombres. Siempre había evitado preguntar qué había sucedido con el tercero.

No podía explicárselo a Rafe. No lo haría, ni aunque ello supusiera tener que dejar que ese hombre que le gustaba y por el que se sentía atraída se alejara de ella sin mirar atrás.

Respiró hondo y controló la respiración antes de forzar una sonrisa y decir:

—Creo que es hora de que me marche.

—Vuelves a huir, Nina —le recriminó con delicadeza.

—Sí —confirmó ella sin disculparse.

—No tienes por qué marcharte.

—Sí. Creo que sí.

—No quiero que te vayas.

Es más, Rafe no podía recordar haber deseado algo tanto como ahora deseaba que Nina se quedara allí con él, en su casa, en su cama.

Alargó la mano y le quitó el vaso de la mano, sin que ella ofreciera resistencia. Le agarró las manos y la miró fijamente.

—No te vayas, Nina. Quédate conmigo esta noche.

Nina se quedó sin aliento y el corazón comenzó a

latirle con fuerza, tanto por las palabras que había pronunciado Rafe como por la intensidad del deseo que podía ver ardiendo en las profundidades de esos resplandecientes ojos dorados.

—Te decepcionará.

—¿Qué? —le preguntó con incredulidad y atónito por la respuesta.

Nina se ruborizó y evitó mirarlo a los ojos.

—Yo... —se humedeció los labios—. No tengo experiencia, Rafe. Tampoco es que sea virgen —se apresuró a decir—, pero no tengo tanta experiencia como las otras mujeres con las que has estado... —dejó de hablar cuando él puso un dedo sobre sus labios.

—Nina, ahora lo único que importa somos los dos. Nadie más, y mucho menos el pasado, solo lo que los dos deseamos ahora. Y yo te deseo mucho. ¿Me deseas?

¡Demasiado!

Lo había deseado desde el primer día, cuando mirarlo había despertado en su interior una atracción, un deseo que había hecho que su cuerpo vibrara anhelando que la mirara con deseo.

Exactamente como la estaba mirando ahora, con sus ojos dorados encendidos por el mismo deseo que a ella le recorría las venas, con un rubor tiñéndole los pómulos, con esos labios separados como si estuviera esperando a que le dijera «sí» para poder besarla.

¡Y cuánto deseaba besarlo ella! Lo deseaba como nunca había deseado a ningún otro hombre. Deseaba besarlo. Tocarlo. Hacer el amor con él.

¿Y por qué no hacerlo? ¿Por qué no pasar esa noche con él? ¿Por qué no perderse en ese deseo, esa excitación, y disfrutar de Rafe de un modo que no podría repetir?

Porque ya sabía que todo acabaría esa noche, que Rafe era demasiado inteligente y que sentía demasiada curiosidad por su pasado como para arriesgarse a incriminar a su padre respondiendo alguna de sus preguntas.

Se humedeció los labios con la punta de la lengua antes de decirle:

—Sí, te deseo, Rafe —disfrutaría de esa única noche de placer y se deleitaría con ella sin esperar nada más. Los hombres lo hacían todo el tiempo, Rafe lo hacía todo el tiempo, ¿por qué no iba a hacerlo ella?—. Ahora mismo —añadió con decisión.

—Buena chica —no fue triunfo, sino satisfacción, lo que brilló en los ojos de Rafe al tenderle la mano que ella agarró para levantarse. No la soltó mientras recorrieron el pasillo en dirección al dormitorio—. Eres preciosa —le susurró al encender una de las lamparitas de noche.

—Bésame, Rafe.

—Tu boca lleva volviéndome loco desde el primer momento que te vi.

—¿Mi boca?

—Tienes los labios más deliciosos y suculentos del mundo, y llevo imaginando besarlos y que me besen por todas partes desde que te vi por primera vez.

Ella se ruborizó.

—¿Cómo es posible cuando esa misma noche saliste e hiciste el amor con otra mujer?

—No lo hice. Bueno, sí que salimos a cenar, pero no me acosté con ella porque la mujer que quería era una alta pelirroja a la que le encanta retarme.

Nina se sintió aliviada al saber que Rafe no había

tenido nada con Jennifer Nichols dos noches atrás porque la había deseado a ella. A Nina Palitov.

–En ese caso, creo que me gustaría mucho besarte y que me besaras. Por todas partes...

Lo mismo pensaba Rafe. La deseaba y no le importaba que pudiera traerle complicaciones si ese era el único modo de tenerla.

Siguió acariciándole las mejillas mientras la besaba lentamente y saboreaba esos suculentos labios que llevaban tentándolo tres días. Nina le devolvió la calidez de sus besos a la vez que le acariciaba el torso por debajo de la chaqueta.

Rafe no se había esperado que la noche fuera a terminar así. ¿Terminar? ¡Pero si eso era solo el principio! Siguió besándola y esos besos fueron volviéndose más salvajes, más abrasadores, más apasionados. Se quitó la chaqueta y la tiró al suelo. Nina gimió contra su boca al recostarse contra su cuerpo y deslizar las manos sobre su musculosa espalda.

Pero no estaban lo suficientemente cerca para el gusto de Rafe. La barrera de sus ropas tenía que desaparecer. Necesitaba ver, sentir, el calor de las deliciosas curvas de Nina, ansiaba por saborear esos suculentos pechos de nuevo, por oír sus suaves gritos de placer mientras los acariciaba con la lengua y los mordisqueaba antes de tomarlos en su boca.

Deslizó los labios por su cuello mientras le bajó la cremallera del vestido y se lo quitó.

–Increíble –dijo con la voz entrecortada al ver a Nina ante él solo con unas minúsculas braguitas de encaje negro, sus zapatos de tacón, y la melena alborotada cayéndole sobre los hombros y los pechos.

–¿Te gusta? –le preguntó ella con timidez.

–¡Oh, y tanto que me gusta! Quítate el resto, Nina.

–Estaba pensando en ti cuando me las he puesto –reveló al quitarse los zapatos antes de bajarse la ropa interior y dejarla en la moqueta junto al vestido. Ahora estaba totalmente expuesta ante Rafe, pero no se sintió cohibida en absoluto al ver esa mirada de deseo en sus ojos dorados–. Porque quería que esto pasara.

Él se la quedó mirando a los ojos unos instantes antes de asentir con satisfacción.

–En ese caso, creo que lo justo es que yo también me desnude, ¿no? –susurró al dar un paso atrás y levantar los brazos como invitándola a actuar.

Nina nunca había desnudado a un hombre. Los dos encuentros previos que había tenido habían sido rápidos y nada satisfactorios, y ni ella ni ellos habían estado desnudos del todo. Le temblaban los dedos ligeramente cuando le soltó la corbata antes de desabrocharle los botones de la camisa y quitársela deleitándose con la desnudez de su torso y sus hombros. Su piel ahí era del mismo tono aceitunado que la de su rostro y sus manos, con un suave vello oscuro que le cubría los pezones y formaba una V que iba descendiendo por su musculoso abdomen para desaparecer bajo la cinturilla de los pantalones.

–Todo, Nina –le dijo al descalzarse.

Las manos le temblaban aún más cuando le desabrochó los pantalones y le bajó la cremallera. Al dejarlos caer al suelo, se quedó asombrada por el largo bulto que presionaba contra sus calzoncillos negros. Miró a Rafe, aunque desvió la mirada al instante, en cuanto vio el brillo de deseo en sus ojos dorados.

Podía hacerlo. Tenía que hacerlo. Tenía que estar con Rafe, tocarlo y acariciarlo.

Se puso de rodillas frente a él, coló los dedos en la cinturilla de sus calzoncillos y se los bajó dejando expuesto su miembro erecto.

Rafe era absolutamente bello y su cuerpo tan perfecto como una enorme estatua de bronce.

Posó una mano sobre su muslo y la otra sobre el grosor de su erección antes de agachar la cabeza y saborear la salada dulzura de la humedad que la cubría. Animada por los gemidos de Rafe, que se aferraba a sus hombros, separó los labios y lo tomó por completo en su boca.

Rafe apenas podía respirar por el placer que lo devoró en el momento en que los carnosos labios de Nina lo introdujeron en el calor de su boca y hasta su garganta antes de volver a retroceder dejando únicamente el bulboso extremo bajo las tortuosas caricias de su lengua, que lo succionaba con pasión y lo llevaba más adentro con cada movimiento.

Repitió esas caricias una y otra vez, lamiéndolo, succionando, hasta que Rafe supo que no podía soportarlo más, que estaba a punto de estallar dentro de su boca.

–¡Ya, Nina! –gimió apartándola con delicadeza y riéndose al ver su gesto de decepción–. Si te dejo seguir así, voy a terminar demasiado pronto –le explicó con voz ronca mientras la tomó en brazos para llevarla a la cama–. Ahora me toca a mí explorarte y saborearte –le aseguró al tenderla con cuidado sobre las almohadas y la colcha. Nina parecía una diosa de cabello rojo y piel cremosa cuando se tumbó a su lado.

Ella levantó la espalda de la cama cuando Rafe agachó la cabeza y separó los labios para capturar un terso pezón y tomarlo por completo en su boca mientras le acariciaba el otro pecho y hacía que los labios inflamados de entre sus muslos se impregnaran de una ardiente humedad a la vez que acariciaba ese pequeño punto oculto ahí, haciéndola gemir con un orgasmo que la invadió inmediatamente en forma de ardientes ondas de placer.

Rafe prolongó esas caricias mientras Nina se regodeaba en su clímax, siguió succionando su pezón, intensificando el roce de sus dedos al sentir su humedad contra ellos, apretando ligeramente su clítoris para dilatar ese orgasmo hasta que estuvo seguro de que Nina había disfrutado cada sacudida de placer.

Qué receptiva se mostró cuando apoyó los hombros entre sus muslos separados, siguió acariciando sus pezones y agachó la cabeza para lamer su néctar. Sus labios estaban inflamados y abiertos, suplicando el roce de su lengua, cuando un segundo orgasmo, más intenso, le hizo alzar los muslos y moverlos al ritmo de su lengua. Gimió repitiendo su nombre una y otra vez al llegar al clímax en su boca.

—Te quiero dentro de mí, Rafe —dijo con la voz entrecortada y enroscando los dedos en su melena tras experimentar no solo su primer orgasmo de verdad, sino un segundo, y prepararse para más—. Te necesito dentro —le pidió al ver los labios de Rafe impregnados de su propia humedad.

Gimió cuando él rozó su clítoris con la lengua una vez más antes de alzarse sobre su cuerpo haciendo que el vello de su torso rozara contra sus muslos y después contra sus sensibles pezones. Después se tendió sobre ella apoyando los codos a cada lado de su cabeza.

—Qué preciosidad —susurró sujetándole la cara con las manos y besándola con intenso deseo, haciendo que saboreara su propio néctar a la vez que sentía su erección contra su cuerpo, abriéndose camino dentro de ella y generándole un exquisito placer antes de comenzar a moverse en su interior y hacerla gemir con un placer que iba aumentando en intensidad y volviéndose abrumador.

Hundió la cara en su cuello y besó su piel con la respiración entrecortada mientras seguía moviéndose dentro de ella. Iba a volverla loca con ese deseo que se estaba expandiendo cada vez más en su interior.

–¡Más fuerte, Rafe! –gimió–. ¡Por favor, más fuerte! –dijo hundiendo las uñas en sus hombros, rodeándolo por los muslos con sus piernas, hundiéndolo en ella para que la llenara por completo, hasta hacerle perder el control y moverse con más y más fuerza dentro de ella y de ese resbaladizo calor.

Nina dejó escapar un grito y movió la cabeza de lado a lado mientras sentía otro orgasmo atravesándola, más intenso, más abrumador incluso que los otros dos. Oyó el gemido de Rafe mientras su interior se aferraba a su erección. Él arqueó la espalda, echó la cabeza atrás y, sin dejar de mirarla, estalló en su interior intensificando y prolongando el propio placer de Nina, colmándola por completo con su calor.

Rafe se despertó a la mañana siguiente con la sensación de la calidez del sol brillando sobre sus párpados cerrados y con una sonrisa en los labios. Nina era la razón de esa sonrisa mientras recordaba la noche de pasión que habían pasado juntos. Horas y horas haciendo el amor, un deseo mutuo e insaciable.

La había rodeado con sus brazos después de la primera vez y se habían acurrucado bajo las sábanas quedándose dormidos, el uno en brazos del otro. Pero se habían despertado y habían hecho el amor dos veces más, lenta, deliciosa y salvajemente, cada vez sintonizando mejor con las necesidades y deseos del otro, susurrándose palabras, gimiendo al compartir su placer.

Una intensidad de placer que Rafe sabía que no había experimentado nunca antes con ninguna mujer. Una intensidad que ahora recordaba con una sonrisa a la vez que pensaba en pasar la mañana, o tal vez el día entero, con Nina porque aún no veía satisfecho su deseo por ella.

Pero primero el desayuno. Tenía que asegurarse de que Nina se alimentara si iban a estar haciendo el amor todo el día. Además, estaría tremendamente sexy moviéndose por su piso con una de sus camisas de seda blancas. Sin embargo, de momento seguía durmiendo, a juzgar por la ausencia de movimiento en el lado que estaba ocupando ella. ¡Sin duda estaba exhausta después de tanta actividad nocturna!

Su sonrisa aumentó ante la idea de despertarla besando lentamente sus suculentos labios a la vez que acariciaba su largo y esbelto cuerpo para después volver a introducirse en su calor hasta que los dos volvieran a gemir de placer.

—Nina, yo... ¿Qué...? —exclamó al girarse en la cama.

El otro lado de la cama estaba vacío.

—¿Nina? —gritó apartando las sábanas. Saltó de la cama y salió desnudo al pasillo, donde no recibió respuesta de la habitación contigua—. Se supone que soy yo el que tiene que prepararte el desayuno —bromeó al entrar en la cocina.

La cocina estaba vacía, al igual que el resto del piso.

—¡Mierda! —murmuró furioso al volver a entrar en el dormitorio y ver que la ropa de Nina no estaba en el suelo, donde la habían tirado la noche anterior. No había nada que atestiguara el hecho de que había estado allí.

Porque se había marchado de su cama, de su piso, de su lado, antes de que él siquiera se hubiera despertado.

Capítulo 7

QUÉ demonios crees que estabas haciendo?
Nina, que estaba colocando las joyas en una de las vitrinas, se detuvo en seco al oír la voz de Rafe. Se levantó lentamente y se giró hacia él comprobando que, efectivamente, estaba muy enfadado, tal como indicaban el brillo de sus ojos y la tensión de su mandíbula. En su rostro ya no quedaba ni un ápice del amante apasionado e indulgente con el que había pasado la noche.

Una noche de tanta intensidad y tanto placer que había resultado toda una revelación para ella, y que había reducido a la nada sus dos experiencias previas. Rafe había sido un amante tierno, apasionado y sensual, que la había llevado al clímax una y otra vez mientras exploraba y reclamaba cada centímetro de su cuerpo a la vez que le había permitido y la había animado a hacer lo mismo con el suyo. Se sonrojó solo de recordar la intimidad que habían compartido durante la noche. No había ni un solo centímetro de su cuerpo que hubiera quedado intacto, insatisfecho o a salvo de las manos y la boca de Rafe, y estaba segura de que ahora conocía el cuerpo de Rafe mucho mejor de lo que conocía el suyo propio.

–No pasa nada –les aseguró a Rich y a Andy al verlos moverse en dirección a Rafe.

Rafe estaba en la puerta de la sala, con ese aire tan sofisticado que desprendía siempre y un aspecto muy parecido al que había lucido la mañana que se habían conocido. Solo habían pasado tres días en tiempo real, pero toda una vida en cuanto a los cambios que habían supuesto para Nina. Y no solo se refería al placer físico que había experimentado con él la noche anterior.

Esos últimos días con Rafe y las cosas que le había dicho la noche anterior le habían hecho cuestionarse su vida y el modo en que la vivía. Bien sabía Dios que jamás querría hacerle daño a su padre, pero algunas de las cosas que Rafe le había dicho le habían calado muy hondo y habían rasgado el frágil caparazón que había instalado alrededor de sus esperanzas y sueños de futuro, obligándola a preguntarse si después de tantos años de verdad era necesario que viviera su vida bajo la sombra constante de su padre.

¿Seguro que no había algún modo de seguir sus sueños y asegurarle a su padre al mismo tiempo que estaría a salvo? ¿Un modo de poder vivir su vida sin sentirse dentro de una jaula?

—Sí que pasa —dijo mirando a los dos guardaespaldas—. Vamos a ir a mi despacho a hablar.

Al ver el brillo de sus ojos y la tensión de su boca y su mandíbula, Nina supo que Rafe estaba conteniendo su furia. Una furia que hasta ese momento había desconocido que tuviera ya que, normalmente, se había mostrado como un hombre despreocupado que parecía reírse del mundo.

Por otro lado, no entendía a qué venía esa actitud de ahora. Los dos habían salido a cenar la noche anterior y después habían pasado la noche juntos, habían disfrutado el uno del otro hasta el máximo... tal como aún lo atestiguaba todo su cuerpo... Así que, ¿qué le pasaba?

—Estoy ocupada, Rafe.

—¡Ahora, Nina! —bramó con brusquedad.

—Creo que no debería hablar a la señorita Palitov en ese tono, señor D'Angelo.

—¡No te metas en esto! —le gritó Rafe al guardaespaldas. Rich o Andy, para él eran lo mismo.

Tras aceptar que Nina se hubiera marchado de su casa sin despedirse siquiera, se había enfadado al darse cuenta de que no tenía ni un número personal al que llamarla, y tampoco había tenido ganas de llamar a su padre para pedírselo... aunque, de todos modos, seguro que el hombre no lo habría ayudado lo más mínimo en ese aspecto.

Ducharse corriendo e ir al piso de Nina tampoco había resultado nada productivo porque los dos hombres apostados en la recepción se habían negado a decirle nada más que: «la señorita Palitov no se encuentra en casa en este momento». Una respuesta ambigua que le había hecho preguntarse si es que no estaba en casa de verdad o si, directamente, no quería recibirlo allí.

Enfadado, frustrado y más que un poco preocupado por las posibles razones por las que podría haberse marchado de ese modo tan repentino, había conducido hasta Arcángel, donde le habían informado de que se encontraba allí, trabajando en el ala este. Había ido directo a la sala y la había encontrado de rodillas en el suelo colocando las joyas en una de las vitrinas, así tal cual, como si no hubiera pasado nada. Verla tan tranquila lo había encendido de furia.

Una furia que, entendía, se debía al hecho de que

se había entregado por completo a esa mujer la noche anterior.

–Podemos hablar aquí, Nina, o podemos hablar en mi despacho. Tú eliges.

–Muy bien, será mejor que os quedéis vigilando la colección –les ordenó a Andy y a Rich–. Solo serán unos minutos –les aseguró.

–Yo no estaría tan segura –le susurró Rafe cuando pasó por delante de él hacia la puerta.

Nina iba enfadándose cada vez más al ver a Rafe a su lado con ese gesto tan adusto, y su rabia aumentó al ver que no hizo ningún esfuerzo por explicarse, ni fuera en el pasillo, ni mientras subían al despacho.

Todo eso cambió en el momento en que entraron en él y, de pronto, se vio con la espalda pegada a la puerta y Rafe sobre ella, con las manos plantadas a ambos lados de su cabeza y mirándola fijamente. Se sintió molesta al verse aprisionada por sus manos y por su cercanía; una cercanía a la que su traicionero cuerpo reaccionó de inmediato excitándose, inflamando sus pezones bajo la camiseta y empapando la unión de sus muslos.

–¿A qué viene todo esto, Rafe? –preguntó irritada.

–Te has marchado.

–¿Qué?

–¿Por qué te has marchado esta mañana, Nina?

–No entiendo la pregunta.

–¿He de asumir por tu respuesta que tienes la costumbre de marcharte a hurtadillas de la casa de un hombre sin despedirte después de haber pasado la noche con él? –preguntó con dureza.

–Yo no me he marchado a hurtadillas.

–¿Cómo, si no, lo llamarías?

–¡Estabas durmiendo cuando me he despertado y tenía que volver a mi casa para ducharme y cambiarme antes de ir a trabajar! –le contestó con desdén.

–¿Sin dar los buenos días ni decir adiós?

–Como te he dicho, estabas durmiendo.

–Acabábamos de pasar una noche increíble juntos, ¿no se te ha ocurrido despertarme?

–No. Me dijiste que Michael volvería hoy.

–Esta tarde, no esta mañana. Además, dudo que mi hermano se llevara un impacto si se encontrara a una mujer en casa.

–Probablemente no, claro –respondió suponiendo que eso era lo habitual si los tres compartían pisos por el mundo. Estaba segura de que los hermanos estaban acostumbrados a toparse con las amantes de unos y otros por las mañanas. Incluso el esquivo Michael, aunque sin duda más discreto en sus relaciones que sus dos hermanos, era demasiado carismático y guapo como para que por su cama no hubieran desfilado muchas mujeres.

Rafe la miró durante varios segundos antes de apartarse de la puerta para situarse frente a la ventana de espaldas a ella. Se metió las manos en los bolsillos para contener las ganas de agarrarla por los hombros y zarandearla. Estaba más que enfadado consigo mismo porque quería volver a besarla, hacerle el amor otra vez en lugar de seguir con esa conversación tan poco satisfactoria.

–¿Por qué te has marchado, Nina? –repitió.

–¿De eso se trata? –le preguntó con incredulidad–. ¿Todo esto es porque he osado a marcharme del piso de Rafe D'Angelo esta mañana sin que él me lo haya permitido?

–No necesitabas mi permiso para marcharte –le contestó girándose bruscamente.

–¿No? ¡Pues no es lo que me ha parecido!

–¿Y qué te ha parecido?

–Que Rafe D'Angelo suele ser el que se marcha. Que no pasa nada si es él el que se va del piso de una mujer por la mañana, ¡pero que enfurece si una mujer se atreve a hacerle lo mismo a él!

Había algo de verdad en su acusación y eso lo enojó aún más. Irse a la cama con una mujer nunca había sido un problema para él, pero jamás se había quedado a pasar la noche.

Con Nina había sido distinto. No solo había sido la primera mujer en la que había confiado, sino que además había sido la primera a la que había llevado al piso de su familia, y hasta había estado deseando hablar y reírse con ella mientras desayunaban, ya fuera en la cama o en la cocina.

–Yo nunca llevo a mujeres a mi piso.

–¿No?

–No.

–¿Pero a mí sí me has llevado?

–Sí.

–¿Por qué?

–En este momento no tengo ni idea –contestó fríamente.

–Oh.

–Sí.

–¡Esa no es razón para que ahí abajo te hayas comportado como un Neandertal!

–¿Un qué? –preguntó Rafe incrédulo y con los ojos abiertos de par en par.

–Un Neandertal. Un hombre primitivo.

–Ya sé lo que es, gracias –dijo Rafe ahora divirtiéndose un poco con la acusación de haberse comportado como un hombre de las cavernas, la cual era cierta.

¿Había reaccionado así solo porque Nina se había marchado o por algo más? No había duda de que lo había atraído como ninguna otra mujer, pero seguro que eso no significaba que...

–¿Entonces por qué te molestas en preguntar? –le dijo con impaciencia.

Tenía las manos metidas en los bolsillos traseros de esos vaqueros tan ajustados y el pecho hacia fuera mientras lo miraba, una pose que hizo que el cuerpo de Rafe comenzara a palpitar de deseo por volver a hacerle el amor.

¿Qué tenía esa mujer para haberle confiado todas esas cosas sobre él la noche anterior? ¿Qué tenía para hacer que se excitara solo con mirarla a los ojos, a esos labios carnosos, y a esos pechos coronados por pequeños puntos visibles contra su camiseta? ¡No lo sabía!

–Sí, de acuerdo, puede que ahí abajo me haya pasado un poco.

–¿Un poco? –preguntó ella al comenzar a moverse de un lado a otro como una fiera enjaulada–. No solo te has puesto en ridículo, sino que también me has avergonzado a mí. Rich y Andy saben exactamente dónde he pasado la noche y eso me hace sentir incómoda, así que lo último que necesitaba era que entraras en la galería comportándote como un cavernícola...

–Creo que esa parte de la conversación la he captado.

–Pues entonces te sugiero que tomes nota para relaciones futuras porque las mujeres hemos avanzado mucho desde que vivíamos en cuevas.

–Estoy perfectamente feliz con la relación que tengo ahora mismo, muchas gracias.

–Nosotros no tenemos una relación, Rafe.

–Anoche...

–Eso fue anoche y una noche no hace una relación –añadió con decisión.

–¿Y qué hace entonces?

Nina se encogió de hombros.

–En el caso de anoche, unas cuantas horas muy agradables en la cama –aceptaba que para Rafe no hubiera sido más que otra conquista, una más de tantas que se rendían a su encanto. Pero eso ya lo había sabido al meterse en la cama con él, así que no tenía nada que recriminarle. No era culpa suya que sus emociones se hubieran visto implicadas hasta el punto de no saber si ya estaba medio enamorada.

–¿Y este es tu modus operandi habitual? ¿Pasar la noche con un hombre y largarte sin más? Rafe podía dar la impresión de ser un hombre encantador y relajado, pero tras su conversación de la noche anterior, Nina ahora sabía que había otro hombre oculto tras esa fachada. Un hombre de gran inteligencia, astucia y curiosidad. Y la inteligencia y la curiosidad eran cosas que no podía permitirse en lo que respectaba al pasado de su padre. Sin embargo, eso no impedía que deseara que la cosa hubiera sido distinta.

Se había despertado poco después de las seis de la mañana con el cuerpo dolorido de placer y, al girarse, se había encontrado a Rafe durmiendo a su lado y no había podido resistirse a quedarse unos minutos contemplándolo bajo la luz del sol que se colaba por las ventanas.

Su rostro se veía relajado, enmarcado por la oscuridad de su sedoso cabello negro, con unas largas pestañas que descansaban sobre sus afilados pómulos y unos labios esculpidos en forma de sonrisa. La sábana la tenía por la cintura y dejaba al descubierto su pecho bronceado y musculoso, cubierto de un fino vello color ébano que formaba una V y descendía hasta donde su miembro yacía excitado contra su estómago.

Sin duda, Rafe era el hombre más guapo que había visto en su vida.

Y la noche anterior había sido todo suyo, para besarlo y acariciarlo. El modo en que habían hecho el amor no se había parecido a nada que hubiera podido imaginarse, sus cuerpos habían estado totalmente sintonizados para darse placer, y cada beso y cada caricia había sido como una sinfonía de ese placer.

Había sido una noche preciosa, una que Nina no pretendía olvidar jamás. Sin embargo, mientras había estado tumbada al lado de Rafe, había sabido que se había terminado. Que, por su bien, tenía que terminar.

No pondría a su padre en peligro ni se convertiría en la chica eventual de Rafe.

—No hay nada peor que despertarte por la mañana, girarte y lamentar que la persona que tenías al lado sigue ahí.

Rafe respiró hondo.

—¿Y es eso lo que te ha pasado? ¿Te has despertado, me has mirado y te has arrepentido de lo de anoche?

—No seas tonto, Rafe —dijo forzando una risa y sabiendo que nunca, jamás, lamentaría haber despertado al lado de Rafe—. Los dos tenemos una relación laboral y creo que es más importante que la mantengamos en lugar de ir persiguiendo un placer pasajero.

–Una relación laboral.

Ella asintió.

–Está la exposición de mi padre y me pediste que me planteara diseñaros algunas vitrinas para las galerías –le recordó.

–Una oferta que creo recordar que rechazaste.

Nina esquivó su penetrante mirada.

–Y que me estoy replanteando ahora... A menos que hayas cambiado de opinión.

–No, no lo he hecho, pero tengo curiosidad por saber qué te ha hecho cambiar de opinión a ti.

Era una buena pregunta y la sencilla respuesta residía en la decisión que había tomado durante la noche. Por mucho que su padre luchara contra ello, había llegado el momento de que empezara a liberarse de las limitaciones que le había impuesto. Y el mejor modo que se le ocurría para hacerlo era dar comienzo a esa carrera profesional sin la ayuda de su padre y, por supuesto, sin seguir acostándose con el hombre responsable de ofrecerle el trabajo que sería el trampolín para su futuro profesional.

Las galerías Arcángel de Nueva York, París y Londres eran las más prestigiosas del mundo, y que sus vitrinas se mostraran en ellas haría que otros coleccionistas y galerías se fijaran en su trabajo.

–He pensado que debía intentarlo ya que tengo mi primer encargo.

Rafe no podía decir que no estuviera sintiendo cierta satisfacción al oírle decir que por fin había decidido liberarse de su padre y hacer lo que quería, pero sí que se preguntaba los motivos por los que decidía hacerlo ahora. Y, por otro lado, no le había hecho ninguna gracia que descartara la idea de que pudiera llegar a existir una relación entre los dos.

–Si crees que podría suponer un problema para los dos después de lo de anoche, puedo contarle mis ideas a Michael mañana cuando lo vea.

Rafe se tensó al verse sacudido por un golpe de... ¿Qué? ¿Celos? ¡Nunca en su vida había sentido celos por una mujer! Nunca se había implicado tanto emocionalmente como para sentir algo tan básico como los celos, lo cual tal vez indicara que lo que sentía por Nina no se parecía a nada que hubiera sentido por ninguna mujer antes.

Le gustaba, había disfrutado mucho haciendo el amor con ella, pero ahí quedaba todo. Por supuesto que no estaba celoso ante la idea de que pasara tiempo con Michael.

–Fue idea mía, mi proyecto, así que Michael también insistirá en que trates el asunto directamente conmigo y no con él.

Nina abrió los ojos de par en par ante la dureza de su tono, para la que no encontraba motivos. Cualquier mujer que ignorara su aversión por las implicaciones emocionales se habría pensado que estaba expresando celos, pero no. Rafe D'Angelo no sentía celos. ¿Por qué iba a hacerlo cuando podía tener a la mujer que quisiera solo con mover un dedo?

No, lo que le pasaba era que seguía enfadado con ella por haberse marchado de su apartamento esa mañana sin decir adiós. Pero tan enfadado como estaba él, estaba ella de aliviada por haber encontrado la fuerza para hacerlo.

Habría sido mucho más sencillo no marcharse, haber despertado a Rafe, haber pasado la mañana en la cama haciendo el amor. Pero ya sentía demasiado por él como para permitirse más, y sabía que si seguían intimando sería como estar pidiendo que le partieran el corazón.

Eso, contando con que no fuera ya demasiado tarde.

Nunca había conocido a nadie como Rafe. Un hombre que lo tenía todo, que tenía éxito en el trabajo, era rico y tan guapo que hacía que se le acelerara el pulso con solo mirarlo. Tan encantador que se requería de mucha fuerza de voluntad para no darle lo que fuera que pidiera. Un amante tan indulgente y experimentado que Nina había perdido la cuenta de todas las veces que había llegado al clímax en sus brazos esa noche.

Y por todo ello temía haber sido tan estúpida como para haberse enamorado de él.

–Vale, muy bien. ¿Eso es todo? La inauguración es mañana por la noche y tengo que volver a la galería y terminar de colocar las joyas en las vitrinas.

Rafe apenas logró contener su rabia, su frustración con esa conversación, con Nina; con el hecho de que ella hubiera logrado responder, sin responder al mismo tiempo, una de las preguntas que le había formulado.

¿Por qué se había marchado de ese modo por la mañana? ¿Era su forma de actuar con los hombres? ¿Se habría arrepentido de haber pasado la noche con él? ¿Y por qué había elegido precisamente ese día para empezar a alejarse del yugo de su padre, para empezar su propia carrera aceptando su encargo de diseñar las vitrinas para las galerías Arcángel?

Todas las respuestas que le había dado habían sido elusivas, pura palabrería, y eso era algo que jamás ha-

bría asociado con Nina y que encontraba irritante porque le impedía acercarse a ella.

Suspiró con frustración ante la situación.

—¿Vas a tener algún problema con tu padre por haberte quedado a dormir en mi piso anoche?

Nina aún no había visto a su padre, pero no tenía
duda de que a esas alturas ya sabría que había pasado
la noche con Rafe en su piso. Al igual que no tenía duda
de que se lo mencionaría en cuanto la viera por la noche.

Sin embargo, no tenía la más mínima idea de qué
iba a decirle ella.

—Es un poco tarde para pensar en eso, ¿no, Rafe?
Él se encogió de hombros.

—Hablaré con él si eso te facilita las cosas.

—¿Y qué le dirás exactamente?

—Que no es asunto suyo dónde demonios pases la
noche.

—No, gracias, creo que mejor me ocupo yo —respondió ella riéndose y recordando la conversación telefónica que había tenido con su padre la primera vez
que él se había enterado de que había estado con un
hombre. Había sido embarazoso para los dos, pero ahí
había quedado todo porque por mucho que quería protegerla y mantenerla a salvo, su padre también quería
que disfrutara... siempre que fuera dentro de su círculo
de protección.

—Esta no es la primera vez que ha pasado, ¿verdad?

—Ahora estás volviendo a ser deliberadamente insultante —dijo mirándolo con reprobación.

—¿Sí? —cruzó la habitación con pasos decididos y
se sentó en su silla—. A lo mejor es porque toda esta
conversación me está resultando insultante. Fue una

velada agradable, quitando el rato en el que te hice llorar –añadió–. Pero lo superamos y pasamos una noche aún mejor y, aun así, esta mañana me dices que no quieres volver a salir conmigo porque quieres concentrarte en tu carrera.

–No recuerdo que me hayas pedido que vuelva a salir contigo, pero tienes razón al dar por hecho que mi respuesta habría sido «no» –continuó con firmeza–. Es verdad que pasamos una noche fantástica, pero ahora es momento de volver al mundo real.

–Y en tu mundo real no hay espacio para mí –fue una afirmación más que una pregunta.

El único espacio que quería que Rafe ocupara en su vida era uno que nunca podría tener y que él no estaría interesado en llenar. A pesar de la otra faceta suya que había descubierto por la noche mientras habían charlado, él nunca había pretendido ser otra cosa distinta de un soltero de treinta y cuatro años, guapo y cotizado, que disfrutaba con las mujeres... con muchas.

Por desgracia, Nina sabía que ella no encajaba en su vida, razón por la que era mejor para las dos que todo terminara ya. Y no solo por su padre. Tenía que terminarlo antes de que ella misma perdiera el orgullo, además del corazón, hasta el punto de terminar totalmente hundida cuando Rafe le pusiera punto y final a la relación al cabo de unas semanas. Porque eso era lo que haría.

Levantó la barbilla con gesto de determinación.

–En este momento no.

–¿Y crees que habrá un momento en que eso cambie?

–No.

–De acuerdo –respondió con brusquedad. No iba a

suplicar. Si una noche era todo lo que Nina quería de él, pues una noche sería todo lo que tendrían.

Todo lo que habían tenido.

Porque estaba claro que Nina los veía ya como parte del pasado.

Capítulo 8

¿NO VAS a salir esta noche?

Rafe se giró y se encontró a su hermano mayor mirándolo.

—La ropa te ha delatado, ¿eh? —los vaqueros desteñidos y la camiseta negra que se había puesto al llegar a casa no eran algo con lo que habría salido nunca un viernes por la noche.

—Más o menos. Rafe, ¿puedes dejar de moverte de un lado para otro y contarme qué pasa? —añadió con impaciencia mientras Rafe seguía moviéndose por el salón.

Porque se encontraba demasiado inquieto como para sentarse al lado de su hermano, al igual que había estado inquieto para ocuparse de todo el trabajo que se le había acumulado sobre la mesa del despacho. ¿Cómo habría podido concentrarse en el trabajo sabiendo que Nina había estado abajo, preparando la colección tan tranquila y sin pararse a pensar en él ni un segundo?

Tenía que admitirlo, era un poco extraño que una mujer lo dejara. Más que extraño, era algo único. Y frustrante, porque no estaba listo, ni por asomo, para haberla dejado marchar.

Esa mañana se había mostrado muy fría y distante al decirle que su relación había terminado. ¿Era esa la impresión que les había transmitido él a todas las mujeres a las que había dejado? ¿Se había mostrado tan frío y distante? ¿Y esas mujeres lo habían odiado del mismo modo que él ahora...?

¿Ahora qué? ¿Ahora odiaba a Nina?

¡Por supuesto que no la odiaba! ¿Cómo iba a odiarla cuando aún la deseaba tantísimo?

Estaba furioso y frustrado, nada más, pero era su ego el que se había visto resentido, y solo por el hecho de que era la primera vez que le pasaba algo así.

–¿Rafe?

Miró a Michael sabiendo que su hermano estaba preocupado por verlo así.

–No pasa nada. ¿Quieres que pidamos algo para cenar? –fue a sacar las cartas de los restaurantes a los que solía pedir comida las raras ocasiones en las que pasaba la noche en casa.

Rafe se preguntó qué haría Nina esa noche. Seguro que tenía cosas que explicarle a su padre; hasta él mismo había pensado que habría tenido que darle alguna que otra explicación. Sin embargo, la llamada de Dmitri exigiéndole explicaciones nunca había llegado y eso lo había dejado algo decepcionado. Se había pasado el día queriendo discutir con alguien y habría disfrutado mucho diciéndole al hombre... ¡aun a riesgo de poner en peligro la exposición!... que se mantuviera alejado de sus asuntos y de los de Nina, y lo que pensaba de él por haber arruinado la vida de su hija.

Pero en todo el día había recibido una sola llamada de los Palitov.

–¿Rafe, qué te pasa esta noche? –le preguntó Michael con impaciencia.

–¿Qué?

–Llevas cinco minutos con esas cartas de comida en la mano, sin decir nada, solo mirando al infinito.

Sí, así era, admitió con disgusto.

–¿Y? –preguntó desafiante al entregarle los folletos a su hermano.

–Pues que es la clase de actitud taciturna que me había acostumbrado a ver en Gabriel antes de que volviera a estar con Bryn, pero no en ti.

–¿Qué significa eso?

–Significa que llevas toda la noche embobado.

Es que estoy un poco distraído, eso es todo.

–¿Estás teniendo problemas con los Palitov?

Rafe se tensó.

–No que yo sepa –respondió con cautela.

–¿Has hablado con su hija?

La tensión de Rafe aumentó.

–¿Sobre qué?

–Sobre tu idea de encargarle las vitrinas de exposición para las galerías, por supuesto –respondió con impaciencia–. ¡Por el amor de Dios, espabila! ¡Fuiste tú el que sugirió que se lo propusiéramos!

Sí, así era, y fue una sugerencia de la que ahora se arrepentía, porque parecía que Nina iba a aceptar, ¿y cómo iba a soportar él trabajar a su lado si solo con mirarla ya la deseaba?

–Le parece bien la idea. Ha dicho que hablaría contigo mañana por la noche.

–¿Conmigo?

–Sí... contigo –le confirmó Rafe con desdén–. Está claro que la señorita Palitov considera que, ya que eres el hermano mayor, eres tú con el que debería hablar en lugar de con tu hermano pequeño, el de la mala fama.

–¿Es que no sabe que yo soy el empresario de la

familia, Gabe el artístico, y tú el hombre de las nuevas ideas para todas las galerías D'Angelo?

–¿Acaso lo sabe alguien?

–¿Y quién tiene la culpa?

–Yo –suspiró–. Y nunca antes me había molestado.

–¿Pero ahora sí?

Ahora sí. Porque por primera vez en su vida Rafe quería que alguien, Nina, no lo viera por lo que parecía, sino por cómo y quién era realmente, el «hombre de las ideas» de la familia D'Angelo.

Justo hacía un momento los dos hermanos habían hablado sobre otro nuevo proyecto en el que llevaba pensando unos días, uno que tomaba la idea de Gabriel de un concurso de nuevos pintores y ampliaba el espectro para incluir todo tipo de artistas, desde escultores hasta diseñadores de joyas. Los dos concursos de París y Londres habían sido un gran éxito y un tercero tendría lugar en Nueva York en unos meses, así que si se basaban en esos éxitos, no había motivos para no expandir la idea.

Supondría mucho trabajo para los tres, pero Rafe creía que merecería la pena porque en lugar de limitarse a vender o exponer arte, también lo descubrirían.

Michael ya se había ilusionado con la idea y los dos lo hablarían con Gabriel en cuanto volviera de la luna de miel.

–Puede.

–¿Te estás cansando un poco de la etiqueta de playboy?

–Creo que sí –¡sobre todo si eso era lo único que veía Nina!

–¡Pues ya era hora!

–¿Ah, sí?

–Estaba bien cuando tenías veinte años, pero me gusta ver que ahora no te conformas con eso. Eres un hombre con unas ideas brillantes, Rafe, siempre has sabido exactamente en qué dirección teníamos que llevar las galerías. Me gustaría que todo el mundo te valorara tanto como Gabe y yo. Y sí, mañana hablaré con la señorita Palitov, pero solo para decirle que tú estás al mando del proyecto, al igual que te ocupas de todos los nuevos proyectos de Arcángel.

Podría ser una auténtica tortura trabajar con Nina teniendo en cuenta cuánto la deseaba, pero no iba a permitir que ella se saliera con la suya y lo esquivara.

A lo mejor a Nina no le gustaba, pero si de verdad se tomaba en serio el trabajo de diseñar las nuevas vitrinas, se quedaría a su lado mientras durara el proyecto.

Miró a su hermano.

–Ni... Alguien me hizo un comentario hace unos días insinuando que tú siempre has sido el serio de los tres porque tuviste dos hermanos pequeños muy traviesos.

–¿Alguien?

–Alguien. ¿Es verdad eso?

–A lo mejor. Como hermano mayor, siempre sentí que tenía que ser más responsable que tú y que Gabe.

–¿Entonces no te has divertido mucho?

–¿Te ha parecido divertido ser el mediano, sentir que siempre tienes algo que demostrar y ser el graciosillo para llamar la atención?

–No.

–¿Estás cansado de ese papel, verdad?

Sí, sí que lo estaba, y si no tenía cuidado, Michael no tardaría en preguntarle a qué se debía.

–Vamos a pedir la cena, ¿vale? –dijo decidido a cambiar de tema y a no pensar en Nina.

¡Ya tendría que verla la noche siguiente en la gala de inauguración de la colección de su padre!

—Si tienes algo que decir, papá, ¡por favor dilo! —dijo Nina mientras los dos estaban en la limusina de camino a la inauguración. El tráfico de Nueva York era tan denso y ensordecedor como de costumbre, y el sol de la tarde se colaba entre los rascacielos y resplandecía contra las ventanas tintadas del coche.

—¿Sobre qué, *maya doch*?

—No te andes con remilgos, papá.

—¿En qué sentido?

Ella suspiró.

—No has dicho nada, pero no finjamos que no sabes que el jueves pasé la noche en el piso de Rafe.

Su padre se encogió de hombros.

—Bueno, eso es asunto tuyo, ¿no?

Ella abrió los ojos de par en par.

—La otra noche le advertiste que se mantuviera alejado de mí —le recordó.

—Ah, te lo ha contado...

—Oh, sí.

—No le hizo gracia mi advertencia, tal como me había imaginado.

—Y sabías que a mí tampoco me gustaría, así que, ¿por qué lo hiciste?

—Para ver cómo reaccionaba Rafe, por supuesto —respondió con satisfacción.

—¿Estabas poniéndolo a prueba? —le preguntó incrédula.

—Estaba intentando ver qué clase de hombre es, sí —admitió sin sentirse culpable.

–¿Y?

Dmitri esbozó una media sonrisa.

–Al invitarte a salir y pasar la noche contigo a pesar de mi advertencia ha demostrado ser un hombre que no se deja amilanar ni por mí ni por el apellido Palitov.

Y por mucho que quería a su padre, sabía que había llegado el momento de que ella también hiciera lo mismo.

Respiró hondo.

–A Rafe le gustan las vitrinas que he diseñado para tu colección y me ha ofrecido diseñar más para las galerías Arcángel –reveló con tono bajo.

Una emoción difícil de descifrar se reflejó en los ojos de su padre antes de que pudiera enmascararla.

–¿Y deseas hacerlo?

–Sí, mucho.

–Ahora te gusta –fue una afirmación más que una pregunta.

–¡Al menos lo suficiente como para haber pasado una noche con él!

–Tal vez deberíamos discutir esto cuando lleguemos a casa esta noche –sugirió su padre cuando la limusina se detuvo frente a la puerta trasera de la galería.

Dmitri había querido bajar del coche y subirse a la silla de ruedas ahí en lugar de delante de todos los fotógrafos congregados a la entrada de la galería.

–Hay más cosas que tengo que contarte... sobre el pasado, *maya doch*. Pero este no es ni momento ni lugar para hacerlo.

Nina miró a su padre y vio una expresión de dolor y tensión.

–¿Estás bien, papá? –puso una mano sobre su hombro y notó cómo le temblaba bajo sus dedos–. Si no estás bien, no tenemos por qué asistir a la gala.

–Estoy perfectamente de salud, hija. Lo de mi corazón y mi mente ya es otra cosa, en cambio. Pero ahora no, Nina –le apretó con fuerza la mano al ver su gesto de nerviosismo–. Disfrutaremos de la gala, tal como habíamos planeado, y hablaremos de todo esto más tarde. Solo espero que puedas perdonarme... –se detuvo.

–¿Perdonarte por qué, papá? –preguntó temiendo que el nerviosismo de su padre tuviera algo que ver con el destino que habían encontrado los tres secuestradores.

–Luego hablamos –repitió con determinación.

Y, por el momento, ella no pudo más que darse por satisfecha con esa respuesta.

Aunque no lo estaba.

Acababa de ver una oscuridad, un dolor profundamente arraigado que nunca antes había visto en la mirada de su padre. Pero ahora mismo no podía pensar en ello; no, cuando tenía que enfrentarse a la odisea de volver a ver a Rafe...

–No la recordaba tan preciosa.

Rafe solo estaba escuchando a Michael a medias, demasiado ocupado en observar a Nina cuando llegó con su padre. Demasiado ocupado buscando en su expresión alguna señal que le indicara que se sentía tan tensa por estar allí como él.

Sus ojos brillaban con ese verde intenso, su piel resplandecía y derrochaba lozanía y vitalidad, y sonreía ampliamente mientras su padre le presentaba a dos hombres que acababan de acercarse a ellos y que pertenecían a todo ese grupo de invitados que llevaban esperando con ganas la llegada de Dmitri Palitov.

Pero más que tensa, Nina resultaba sensacional. Absoluta e imponentemente sensacional.

Se había dejado el pelo suelto, parecía un río de llamas cayendo sobre sus hombros y extendiéndose hasta su cintura. Sus ojos verdes dominaban la cremosidad de su rostro y un intenso brillo rosa cubría esos tentadores y carnosos labios. Su vestido dorado se aferraba a sus curvas, dejando sus brazos desnudos, y terminaba unos centímetros por debajo de las rodillas para revelar unas piernas largas y estilizadas y unos tacones del mismo color oro.

Rafe no había sido capaz de apartar la mirada de ella desde el momento en que había aparecido por la puerta junto a la silla de ruedas de su padre.

—Rafe, ¿me estás escuchando?

—¿Qué te pasa ahora, Michael? —se giró bruscamente hacia su hermano con los puños apretados.

—Solo he dicho que no recordaba que fuera tan joven y tan guapa, pero está claro que no me has oído... o que no has querido comentar nada al respecto —añadió con perspicacia.

—Por si no lo recuerdas, te mencioné el pequeño detalle de su belleza cuando te llamé después de conocerla, ¡después de descubrir que no era la solterona de mediana edad que me habías hecho creer!

—Yo no te hice creer nada. Lo único que pasa es que no me fijé mucho en el aspecto de su hija cuando conocí a Dmitri. Pero ahora tendría que estar muerto para no fijarme.

—¿Qué quiere decir eso?

Su hermano seguía mirando a la bella Nina, así que no pudo ver el gesto de disgusto de Rafe.

–Deberíamos acercarnos a saludar a nuestra invitada de honor –añadió distraídamente.

Rafe lo agarró del brazo.

–¡Guárdate tu encanto contenido, pero letal, cuando estés cerca de Nina! –lo advirtió.

Michael lo miró.

–¿Pero qué...? Oh, no, Rafe, por favor dime que no... ¡Oh, no, lo has hecho! ¡Te dije que tuvieras contentos a los Palitov y te has acostado con su hija!

–Baja la voz.

–¿Es Nina Palitov el motivo por el que anoche estuviste tan distraído? ¿El motivo por el que hoy has estado gritando a todo el mundo por la galería? ¿Es el motivo... por el que de pronto te has cansado de tu imagen de playboy y has decidido que tienes que librarte de ella?

–Métete en tus malditos asuntos...

–Es asunto mío, Rafe –lo interrumpió su hermano fríamente–. Todo lo que afecte a Arcángel es asunto mío. Y también de Gabriel.

–Esto no tiene nada que ver con Arcángel.

–¿Y qué es «esto», precisamente? ¿Qué significa para ti Nina Palitov?

–Nada que sea de tu incumbencia.

Michael dejó escapar un suspiro de impaciencia.

–¿Sabe Palitov lo vuestro?

–No hay nada que saber.

–¿Lo sabe? –insistió con dureza.

–Sí, pero lo nuestro ya ha terminado.

–¿Por qué?

–¿No deberías alegrarte sin más en lugar de preguntar el porqué?

–No, si no es lo que quieres.

–Michael, sabes que tú vives oculto tras una máscara tanto como yo.

–¿Y qué quiere decir eso?

–Quiere decir que ocultas tus emociones detrás de esa máscara. Quiere decir que tal vez te ha afectado que nuestro hermano pequeño se haya casado.

–¿Tanto como te ha afectado a ti?

Nina era lo que había «afectado» a Rafe, solo Nina. Y aún no sabía qué iba a hacer al respecto.

–¿Crees que Dmitri ha venido aquí tan tranquilo, para que te confíes, y que alguna de estas noches sus guardaespaldas te pillarán en algún oscuro callejón?

–No sé cómo he podido sobrevivir todos estos años sin una dosis diaria de tu optimismo –parecía que el sentido del humor de Rafe había regresado–. Anda, vamos a saludarlos... y a lo mejor luego podrás decirme si sigues pensando que tienen intención de eliminarme discretamente.

Y así se abrieron paso entre la multitud hasta donde se encontraban Nina y Dmitri charlando con varios empresarios.

A Nina le resultó intimidante no solo tener a uno, sino a dos, de los hermanos D'Angelo mirándola. O, mejor dicho, solo era uno el que la miraba de modo intimidante, ya que la atención de Michael estaba más centrada en su padre.

Pero, sin duda, los hermanos D'Angelo eran los hombres más guapos esa noche, con sus perfectos trajes negros y sus resplandecientes camisas blancas resaltando sus musculosos hombros y sus tonificados cuerpos.

Intentó deliberadamente retrasar el momento de mirar a Rafe entreteniéndose mirando a su hermano mayor, pero cuando finalmente se giró hacia él, vio un brillo de furia en esos ojos dorados. Unos ojos depredadores que la atraparon y atravesaron con una penetrante frialdad.

¿Qué demonios le pasaba? Sí, habían acabado mal el día antes y no habían vuelto a hablar desde entonces, pero ¿de verdad tenía que dejar ver ante todos los presentes la tensión que existía entre ambos? ¿Ante su padre? ¿Ante su hermano?

Lo siguiente que hizo pareció confirmar que así era.

—Si me disculpan, caballeros, tengo que robarles a Nina unos minutos —dijo con decisión sin esperar a que ninguno de los dos respondiera y agarrándola de las muñecas antes de echar a andar hacia la puerta.

Nina, subida a esos tacones tan altos, avanzaba detrás de él con dificultad.

—¡Estás montando una escena, Rafe! —le susurró al ver miradas de curiosidad a su alrededor.

—A lo mejor preferirías que montara una escena aún mayor llevándote contra esa pared y tomándote ahí mismo, delante de todo el mundo.

—¡Rafe!

Nina no estaba segura de si ese grito había sido uno de indignación o de deseo por que hiciera justo lo que había descrito. Sin embargo, tenía la sensación de que era lo último.

Capítulo 9

LA NECESIDAD de volver a besarla, de tocarla y hacerle el amor llevaba ardiendo en su interior treinta y seis horas, tiempo que había pasado prácticamente en estado de excitación continuo, y verla ahora no había ayudado a aplacar esa sensación: ese vestido dorado ceñido de un modo tan delicioso a cada curva de su suculento cuerpo, ese pelo cayéndole como una llama sobre los hombros y por la espalda, esos labios...

—Ni se os ocurra —les dijo a los dos guardaespaldas que estaban fuera de la galería.

—No pasa nada, Andy —añadió Nina cuando el hombre la miró—. Quedaos con mi padre. El señor D'Angelo y yo vamos a dar un paseo —añadió con tono despreocupado mientras Rafe tiraba de ella por el pasillo.

¿Paseo? Lo que Rafe necesitaba era saborearla de nuevo y acariciarla, y lo necesitaba tanto que abrió la primera puerta que se encontró al doblar la esquina de otro pasillo sin importarle que fuera un pequeño cuarto de la limpieza. La metió dentro y cerró la puerta sumiéndolos en una absoluta oscuridad.

—¡Rafe!

—¡Tengo que besarte, Nina! —dijo agachando la cabeza y capturando su boca con satisfacción.

Toda la rabia que había sentido Nina por el hecho

de que la hubiera sacado de la sala de exposición prácticamente a rastras, al más puro estilo neandertal, se evaporó en cuanto Rafe le rozó la boca.

Separó los labios y soltó su bolso antes de levantar los brazos y hundir los dedos en su pelo. Se dejó caer contra él y le devolvió el deseo de ese beso sintiendo cómo sus pechos y sus pezones se inflamaban y sus muslos ardían mientras las manos de Rafe se deslizaban por su espalda para posarse sobre sus nalgas y acercarla a su erección.

Rafe apartó la boca un instante y le recorrió el cuello con sus labios y su lengua.

—A tu padre no le va a hacer gracia esto —dijo con aire despreocupado mientras la saboreaba.

Nina dejó escapar una suave carcajada.

—No creo que mi padre vaya a venir aquí.

—Bueno, espero que no —murmuró él distraídamente con el cuerpo palpitando de pasión al mover las caderas con un lento y excitante ritmo y deslizar una mano bajo el vestido para acariciarle un muslo—. Necesito sentir tu calor contra mis dedos, Nina —dijo cuando sus dedos tocaron el borde de encaje de su ropa interior.

—¡Rafe! —un intenso calor anegó su cuerpo anticipándose al placer que prometían esos dedos.

—¿Llevas braguitas debajo de este vestido?

—Sí.

—Pero unas minúsculas, imagino.

—Mucho —le confirmó.

Rafe respiró hondo.

—¡Y quiero arrancártelas, acariciarte y sentirte cuando llegues al clímax! Después quiero lamerme los dedos y saborear...

—Rafe, por favor... —gimió Nina no muy segura de

si estaba pidiéndole que parara o que continuara, ya que esas palabras acababan de generar una ardiente humedad entre sus muslos.

–Oh, quiero complacerte, Nina –le aseguró–. Lo deseo más que a la vida.

Nina también lo deseaba. No le importaba que estuvieran metidos en un cuarto de la limpieza, ni que estuvieran a escasos metros de la sala donde doscientas personas estaban asistiendo a la exposición, incluyendo su padre, y habían visto cómo la sacaba de allí hacía unos minutos.

Lo único que le importaba era estar con Rafe, hacer el amor con él, que la besara y acariciara.

–Hazlo, Rafe –lo animó–. ¡Hazlo!

Las palabras apenas habían salido de su boca cuando oyó el delicado sonido del encaje y la seda rasgándose.

–Qué preciosa eres –murmuró Rafe al acariciar la sedosa desnudez de la piel de entre sus muslos mientras tenía la cara hundida en su perfumado cuello–. Tan, tan preciosa.

Comenzó con unas caricias suaves y pudo sentir cómo esos inflamados pliegues se separaban con cada roce. Su clítoris palpitó, inflamado, cuando ejerció más presión antes de hundir dos dedos en el calor de su interior. Con el otro brazo la rodeó por la cintura a la vez que sintió esas contracciones intensificarse, prolongarse, y que sus piernas comenzaron a temblar.

–Sí, Nina –dijo al sentirla llegar al clímax con la fuerza de un tsunami–. Lo quiero todo. Dame todo tu placer –insistió con pasión.

Nina gritó cuando ese placer la recorrió; tenía los pezones erectos y su interior se aferraba con ansia a esos dedos que la acariciaban y la llenaban. Cuando

la última oleada de placer la invadió, se sintió totalmente incapaz de levantarse, y se habría caído al suelo
si Rafe no hubiera seguido sosteniéndola con el brazo
que la rodeaba por la cintura. Gimió cuando otra sacudida de placer la recorrió en el momento en que él
retiró los dedos de su abrasador interior.

–Mmm, deliciosa –murmuró Rafe unos segundos
más tarde.

–¿Qué?

–Que sabes a miel, Nina.

–¡Dios...! –apoyó la humedad de su frente contra
el hombro de su chaqueta, ruborizada ante el hecho de
que Rafe se hubiera lamido los dedos para saborearla.

–Me llamo Rafe –dijo con tono de broma.

–Seguro que ahora te sientes muy poderoso.

–Sin duda –respondió él riéndose.

–Deberías ser un poco más modesto, Rafe.

–No, cuando tengo en mis brazos a mi satisfecha
mujer.

¿Su satisfecha mujer? ¿Qué quería decir con eso?
Sabía que debería sentirse indignada por esa muestra
de arrogancia, sabía que debía apartarse y decirle que
lo que había sucedido no cambiaba nada, que estaba
decidida a seguir con su decisión de no tener una relación con él. Su decisión de no ser la mujer de ningún
hombre. Pero no podía hacerlo. «Más tarde», se dijo.
Ya se lo haría comprender más adelante.

–Ven a mi piso esta noche. Esto debería haber terminado a las once. Pasa la noche conmigo, Nina, por
favor.

–¿Y Michael?

–Michael que se busque a su propia mujer.

–Me refiero a...

—Ya sé a qué te refieres, preciosa Nina. Y el piso es tan grande que ni siquiera tiene que enterarse de que estás allí.

¿Podía hacerlo? ¿Era posible? ¿Podía pasar otra noche más en los brazos y la cama de Rafe?

¿Cómo podía negarse cuando él acababa de darle tanto placer y no se había llevado nada a cambio? Ella no era una amante egoísta.

—Pero hazlo porque quieras, Nina, no porque te sientas en deuda conmigo por lo que acaba de pasar.

Parecía que Rafe le hubiera leído el pensamiento, al mismo tiempo que la había dejado sin argumentos que justificaran el hecho de que fuera a su casa esa noche.

Se humedeció los labios antes de decir:

—Creo que el problema más inmediato es cómo vamos a salir de este armario y volver a la sala sin que nadie descubra qué hemos estado haciendo.

Rafe se rio.

—Lo veo imposible. Créeme, el brillo ardiente y seductor de tus ojos, el rubor de tus mejillas y esos labios inflamados y enrojecidos van a delatarte y decirle a todo el mundo lo que hemos estado haciendo.

—Haces que parezca una mujer salvaje.

—No, solo mi mujer —la rodeó con fuerza—. Y me gusta que seas salvaje. Me gusta mucho.

A Nina también le gustaba que Rafe la hiciera sentirse así. Mucho. Demasiado como para negarse las ganas de pasar una noche más en sus brazos.

—Aun así, creo que deberías volver sola y yo iré después de arreglarme un poco.

—Eso no va a cambiar el hecho de que me pase el resto de la noche pensando en que llevo tus braguitas en el bolsillo de mi chaqueta.

Nina se sonrojó al darse cuenta de que en aquel momento estaba desnuda bajo el vestido, un vestido que se movía sensualmente contra el calor de su piel.

–De acuerdo, iré a tu piso luego. ¡Oh, no, lo había olvidado! Primero tengo que ir con mi padre. De camino aquí hemos empezado a hablar y tenemos que terminar esa conversación.

–¿Es algo grave?

–No estoy segura.

–¿Tiene algo que ver con que te quedaras conmigo el jueves por la noche? Porque si es eso, a lo mejor yo debería...

–No –le aseguró con firmeza–. Es algo que mi padre tiene que contarme, pero espero que no se alargue mucho y pueda estar contigo antes de la medianoche.

Rafe deslizó los labios sobre su cuello.

–Veré cómo me apaño para convencer a Michael de que se meta en la cama en cuanto lleguemos a casa. A lo mejor puedo decirle que a su edad tiene que recuperarse bien del jet lag.

–¡Pero si solo es un año mayor que tú!

–Y, aun así, no estaba muy contento conmigo antes.

–¿Por qué?

–Porque le he contado lo nuestro. Porque cree que tu padre podría haberlo preparado todo para deshacerse de mí en un callejón oscuro.

–Mi padre no es ningún gánster, Rafe.

Él se rio al rodearla de nuevo.

–Nunca he dicho que lo fuera.

–¿Pero Michael y tú pensáis que lo es?

–Ey, solo ha sido un chiste de Michael, Nina.

–Si eso pensabais de él, me sorprende que os hayáis arriesgado a exponer su colección y mancillar el nombre de Arcángel –contestó con brusquedad–. Después de todo, a lo mejor todo lo que tiene es robado.

–Nina, no...

Ella se alejó por completo de sus brazos.

–¿Nina?

–Deberíamos volver.

–¡Así no! –protestó él–. No ha sido mi intención molestarte, Nina. Ha sido una broma, aunque está claro que de muy mal gusto –añadió con pesar.

Por desgracia, las sospechas de Nina con respecto al accidente de coche de su padre le quitaban toda la gracia al comentario.

–Tengo que irme –abrió la puerta, recogió su bolso del suelo, y vio que Rafe se había plantado en mitad de la puerta impidiéndole salir.

–¿Vendrás luego? –le preguntó él.

Nina, aún invadida por una sensación de placer entre los muslos, sabía que debería negarse. Que debería ceñirse a la decisión que había tomado el día anterior de no volver a verlo.

Eso era lo que debería hacer, pero, por desgracia, su cuerpo decía lo contrario.

–Iré luego –le confirmó.

–Bien –respondió él con satisfacción–. Supongo que tienes razón y que tenemos que volver a la exposición –añadió con gesto de disgusto.

Ella no pudo evitar sonreír ante su falta de entusiasmo, la cual compartía.

–¿Nina? –dijo poniéndole una mano en el brazo cuando ella salió al pasillo.

–¿Sí?

Le rodeó la cara con las manos y la miró fijamente antes de agachar la cabeza y besarla.

–Gracias –le susurró.

A Nina le dio un vuelco el corazón ante el roce de sus labios.

–¿Por qué?

–Solo gracias –ni siquiera él sabía qué le estaba agradeciendo.

A lo mejor que no lo hubiera abofeteado antes cuando la había sacado de la sala como un troglodita. O tal vez que no hubiera intentado negar la atracción que crepitaba entre los dos. O tal vez le estaba agradeciendo el placer que le proporcionaba su desinhibida actitud ante él, o dándole las gracias simplemente por ser Nina.

Ya pensaría más a fondo en todo ello una vez pasara esa noche.

–¿Seguro que estás bien, papá? –le preguntó preocupada al ver lo pálido que estaba Dmitri cuando se reunió de nuevo con él en la sala. Esperaba que esa lividez se debiera al esfuerzo que le suponía estar relacionándose con tanta gente después de tantos años evitándolo, y no al hecho de que hubiera desaparecido con Rafe hacía un momento.

Había hecho todo lo posible por recomponer su aspecto en el lavabo, pero ni atusarse el pelo ni pintarse los labios habían podido ocultar el sensual brillo que, según Rafe, desprendía después de hacer el amor. Un brillo que había oscurecido el tono de sus ojos, que había teñido sus mejillas y que había dejado sus labios inflamados por los besos.

–Estoy muy bien, *maya doch*. ¿Rafe D'Angelo y tú volvéis... a ser amigos?

–Que yo sepa, nunca hemos sido otra cosa que amigos –respondió sin mirarlo a los ojos.

–Creo que ya hemos superado la barrera de la timidez en lo que respecta a tu relación con D'Angelo, Nina.

Nina se sonrojó al recordar la pasión que habían compartido hacía escasos minutos; había sido como si hubieran estado hambrientos el uno del otro.

Miró a Rafe, que estaba charlando con su hermano, justo a tiempo de verlo meterse la mano en el bolsillo donde había guardado sus braguitas rasgadas.

Y como si la hubiera sentido mirándolo, Rafe se giró; esos ojos dorados resplandecieron cargados de recuerdos, y esos labios esculpidos esbozaron una sonrisa que fue una promesa del placer que aún estaba por llegar una vez se reunieran en el piso.

–Ya estás otra vez moviéndote de un lado para otro.

Rafe miró con furia a su hermano, que estaba en la cocina tomándose su té matutino y leyendo la sección de economía en el periódico del domingo.

Y sí, por supuesto que no dejaba de moverse, ¡maldita sea!, porque Nina no se había presentado en casa tal como había dicho que haría.

Michael y él habían llegado poco antes de la medianoche y, después de que su hermano se hubiera ido a dormir de inmediato, él se había quedado esperándola hasta las dos de la madrugada, cuando por fin había asumido que Nina no iría a verlo.

Pero en ese momento, y tras recordar la seriedad con que le había mencionado que tenía una conversación pendiente con su padre, más que enfadado se había sentido preocupado. Por otro lado, tampoco habría estado mal que lo hubiera llamado para decirle que había habido un cambio de planes.

Aun así, y devorado por la preocupación ante la idea de que pudiera estar sola en su casa y angustiada, había llamado a su edificio y había pedido al vigilante de seguridad que le pasaran la llamada a su casa. Sin embargo, ni había respondido a la llamada, ni el vigilante le había revelado si estaba o no en casa. Y, claro, bajo ningún concepto iba a llamar a Dmitri para preguntarle dónde estaba su hija.

Así que había terminado por irse a la cama. Solo. Pero no a dormir, porque el sueño lo había eludido. Se había quedado tumbado, con los ojos abiertos de par en par, y la cabeza trabajando a destajo y repasando los sucesos de la noche, intentando averiguar la razón, algo que hubiera dicho o hecho, por la que Nina podía haber cambiado de idea.

Lo único que se le ocurrió que podía haberle molestado era el comentario sobre su padre, pero no tenía sentido porque, incluso después de eso, Nina le había confirmado que iría a su casa.

Por eso ahora, a las diez en punto del domingo, estaba caminando de un lado a otro de la cocina, aún en pijama y descalzo, con el pelo alborotado de tantas veces que se había pasado la mano por él durante las últimas diez horas.

—Me esperaba encontrarme a Nina contigo cuando me levantara —le dijo de pronto Michael.

—Bueno, ¡pues está claro que te equivocabas!

—Está claro. Rafe... —comenzó a decir justo cuando sonó el teléfono.

Rafe cruzó la cocina rápidamente para responder rezando por que fuera Nina.

–¿Sí? –preguntó con impaciencia.

–Tiene visita esperando en recepción, señor D'Angelo –le informó el portero algo nervioso.

–Mándala arriba –contestó Rafe con brusquedad.

–Pero...

–Ahora, Jeffrey –colgó y esperó impaciente a que Nina llamara al timbre.

–Creo que iré a darme una ducha para marcharme pronto al aeropuerto... –Michael se levantó–. Así os dejaré a solas para que podáis hablar y hacer lo que necesitéis.

–Gracias –respondió Rafe distraídamente.

Fuera cual fuera la razón por la que no había ido la noche anterior, ahora Nina estaba allí y eso era lo único que importaba.

Pero cuando abrió la puerta después de que sonara el timbre, su sonrisa se quedó petrificada al ver a dos guardaespaldas en el pasillo ocultando sus ojos tras unas gafas de sol. Eso explicaba el nerviosismo de Jeffrey por teléfono; él tampoco podía decir que se alegrara de verlos.

–¿Qué...?

–Siento la intromisión, Rafe –los dos guardaespaldas se habían apartado y tras ellos había aparecido Dmitri en su silla de ruedas–. Quería saber si mi hija está aquí y si podía hablar con ella –añadió con expresión más esperanzada que reprobatoria.

Y eso le indicó que Dmitri Palitov sabía tan poco como él sobre el paradero Nina.

Capítulo 10

EL LUNES por la mañana Nina entró en la galería con la cabeza bien alta y segura de sí misma, sonriendo a la recepcionista de camino a las escaleras que la llevarían al despacho de Rafe en la tercera planta.

Rafe...

No tenía duda de que estaría enfadado por el hecho de que ni se hubiera presentado en su casa, ni se hubiera puesto en contacto con él para darle una explicación.

Sí, tal vez había estado de broma al hacer aquel comentario sobre la posibilidad de que su padre fuera un gánster, pero Nina siempre había tenido sus propias sospechas que, al final, tras la conversación del sábado con su padre, no habían resultado alejarse tanto de la realidad.

Por todo ello sabía que no podía contarle a Rafe esas nuevas e impactantes verdades que su padre le había revelado. Le estaba costando aceptar esa verdad, así que, ¿cómo podía esperar que otros lo entendieran? Y precisamente por eso había decidido... ¡una vez más!... que Rafe y ella solo podrían tener una relación laboral. Así de simple. O al menos le había parecido muy simple cuando había tomado la decisión el día anterior en su habitación de hotel, donde se había pasado la mayor parte de la noche junto a la ventana contemplando la ciudad y preguntándose cómo iba a poder reponerse después de todo lo que su padre le había contado sobre su madre.

Ahí, a solo un tramo de escalera de Rafe, la decisión le parecía sencilla.

Avanzaba despacio según se acercaba al despacho, pero era algo que tenía que hacer si de verdad quería ser dueña de su propia vida. Quería levantar su propio negocio bien alejada de la influencia de su padre, y ese trabajo para Arcángel le abriría las puertas.

Lo único que tenía que hacer antes de que eso se hiciera realidad era ignorar a Rafe cuando le exigiera que le diera unas respuestas que no podría darle. ¡Lo único que tenía que hacer!

Si solo con estar en la puerta de su despacho ya se le salía el corazón y tenía las manos empapadas, ¿cómo iba a reaccionar cuando estuviera cara a cara con Rafe?

–Bridget, creía que te había dicho que no me molestaran... ¡Nina! –gritó al verla en la puerta.

Se levantó y se acercó corriendo, le agarró las manos y la miró a la cara, ¡con mucho deseo! Al instante pudo ver la palidez de sus mejillas y la distancia en esos fríos ojos verdes que lo miraban tan fijamente.

–¿He venido en mal momento? –preguntó ella con una voz también fría y distante.

Él seguía mirándola, deseándola, necesitando ver a «su Nina» en las profundidades de esos atribulados ojos.

–¿Estás bien? –qué pregunta tan estúpida. ¡Por supuesto que no estaba bien! Si lo estuviera, no habría desaparecido sin más y ahora no estaría mirándolo como si fuera una extraña, en lugar de su amante.

—¿Por qué no iba a estar bien?

Rafe desconocía la respuesta, ya que lo único que Dmitri le había dicho el día antes era que se había disgustado por algo que le había dicho y que no sabía nada de ella desde la noche del sábado.

—Pasa —sin soltarle la mano, la metió en el despacho y cerró la puerta—. No puedes imaginarte cuánto me alegro de que hayas venido, Nina.

—¿Por qué?

Porque al menos ahora sabía que estaba viva. Porque ahora sabía que estaba a salvo. Porque la necesitaba allí, a su lado, ¡maldita sea!

—Nina, tu padre vino a verme ayer.

Un brillo de emoción se encendió en las frías profundidades de esos ojos verdes para disiparse al instante.

—¿Ah, sí? Pues debió de ser muy agradable para los dos —añadió lacónicamente.

Rafe seguía mirándola, viendo la fragilidad escondida bajo esa fría fachada. Una fragilidad que temía pudiera romper a Nina, destruirla, si decía o hacía algo incorrecto. Y esa era la razón por la que no la había tomado en sus brazos y la había besado en cuanto había cerrado la puerta.

Nina parecía tan quebradiza en ese momento que, si hubiera intentado abrazarla, o se habría rebelado y lo habría arañado con todas sus fuerzas, o se habría hecho añicos y desintegrado ante sus ojos. Lo primero lo habría soportado encantado, pero lo segundo lo habría destruido.

Tanto como habría destruido a Nina.

Y no quería que eso pasara porque su espíritu tí-
mido pero rebelde era una de las muchas cosas que
había admirado de ella desde el primer momento. Esa
admiración inicial había ido en aumento y ahora in-
cluía su impactante belleza, su delicado sentido del
humor, su pasión, y la calidez de su corazón, tan pa-
tente cuando hablaba de su padre. Una calidez que
hoy había brillado por su ausencia ante la mención a
su padre.

–Nina...

–Soy consciente de que habría sido más profesional haber concertado una cita, pero he traído algunos
bocetos para enseñártelos –le dijo con tono animado.

–¿Bocetos?

–Este fin de semana he tenido mucho tiempo libre.

Rafe se estremeció. Sabía que después de no acudir
a su cita con él y de marcharse del piso de su padre el
sábado por la noche, había bajado a su casa, había hecho las maletas y se había marchado del edificio. Y
eso lo había hecho por algo que Dmitri le había contado después de la gala de inauguración durante una
conversación que a Nina le había resultado tan dolo-
rosa como para irse jurando que jamás perdonaría a su
padre por lo que había hecho.

Qué era eso que había hecho era algo que Rafe desconocía, porque Dmitri no le había dado los detalles
de aquella conversación por mucho que había insistido en que le diera respuestas.

Es más, Michael había tenido que intervenir en la
discusión que comenzó cuando Rafe y Dmitri habían
comenzado a lanzarse acusaciones y, tras haber cal-
mado la situación, se había ofrecido a cancelar su
vuelo a París para ayudarlos a buscar a Nina. Una oferta

que Rafe le había agradecido, pero que había rechazado, porque sabía que los que tenían que buscarla
eran su padre y él. Los que tenían que encontrarla. Los
que tenían que asegurarse de que estuviera a salvo.

Así, tras el enfrentamiento inicial, los dos habían
pasado la mayor parte del domingo llamando a todos
los amigos y conocidos de Nina, pero ninguno la había visto. Después habían ido llamando hotel por hotel, y cuando esas llamadas no habían dado ningún
fruto, habían ampliado la búsqueda a los barrios resi-
denciales. Sin embargo, no había servido para nada.
Nina estaba fuera en alguna parte, pero obviamente no
quería que la encontraran.

Rafe había esperado que eso no lo incluyera a él,
pero el reciente comentario de Nina había insinuado
que ni siquiera se había planteado que él hubiera podido molestarse en buscarla después de que hubiera
faltado a su cita del sábado. Y tal vez se merecía ese
gesto de rechazo; de todos modos, no podía saber que
desde el primer momento que la había visto no había
podido dejar de pensar en ella.

Pero ahora, que estaba sufriendo tanto por las cosas
que le había contado su padre, no era momento de decirle lo que sentía.

–Nina, ya sabes... que... no importa lo que haya hecho tu padre o te haya dicho... nada es totalmente
blanco o negro... y esas tonalidades grises pueden ser...

–¡Oh, por favor! –lo interrumpió con desdén–. Ya
te ha convencido, ¿verdad? Y seguro que te ha contado lo justo para justificar su comportamiento.

–No me contó nada, ni se justificó por lo que sea
que ha hecho –le aseguró Rafe.

–¡Porque no tiene justificación! –sus ojos brillaron

y pareció como si su caparazón protector fuera a res-
quebrajarse, pero al instante se recompuso y adoptó
una postura de determinación–. No hay excusas para
lo que hizo, Rafe.

–Te quiere mucho. Solo intentaba protegerte.

–¡Lleva toda la vida protegiéndome de la propia
vida! –un rubor de rabia tiñó sus mejillas.

–Sí –admitió Rafe con delicadeza–. Y tal vez se
haya equivocado en eso.

–¿Tal vez? ¡Nada de tal vez! Tiene que haberte
contado algo para que estés compadeciéndote de él.

–No se trata de compadecerme de nadie.

–¿Ah, no? Bueno, pues créeme si te digo que a mí
no me da ninguna pena después de haber oído las cosas que me ha estado ocultando todos estos años.

Rafe la miró y, a juzgar por el brillo de su mirada,
vio que no era tan inmune al dolor de su padre como
quería aparentar.

–Tú no eres así, Nina. Tú quieres a tu padre y no
va contigo ser deliberadamente cruel.

Ella soltó una carcajada.

–¿Y tú qué sabes de mí, Rafe? ¿Que me gustan tus
caricias? ¿Que me gustan tanto que el sábado dejé que
me metieras en un maldito armario lleno de escobas
para que pudieras darme placer? –sacudió la cabeza
con gesto de disgusto–. Eso no es conocerme, Rafe,
eso es pasarlo bien con el sexo.

–No –la advirtió adelantándose a lo que sabía que
diría a continuación, y negándose a permitirle que re-
dujera lo que habían tenido a algo tan primario–. Hoy
has venido a mí. Me da igual qué excusas te hayas
puesto para hacerlo, pero lo cierto es que has venido,
¡maldita sea!

Sí, así era, admitió Nina con pesar. Esa mañana mientras se había duchado y vestido en el hotel se había convencido de que iba a ir a ver a Rafe porque quería aceptar el trabajo, porque asegurarse ese encargo era más importante que su orgullo si de verdad quería lanzar su negocio.

Pero ahora que estaba ahí, ya no estaba tan segura de que eso fuera del todo verdad.

Se sentía reconfortada estando en su compañía, y, de hecho, Rafe ya estaba empezando a funcionar como un bálsamo para sus destrozadas emociones. Estar con él alimentaba su necesidad de estar con alguien que la deseaba y que podía darle algo de calidez porque en ese momento su corazón era como un enorme bloque de hielo.

Así que sí, había ido a verlo porque lo había necesitado, había querido estar con él. Había querido estar con el hombre del que ahora sabía que se había enamorado.

Porque en las últimas treinta y seis horas no solo había estado pensando en la conversación con su padre, sino también en Rafe. ¡Y mucho! En lo que su relación significaba para ella, en el hecho de que no solo lo deseara, sino también lo apreciaba. En el hecho de que se había enamorado de él.

No podía negar el deseo que sentía por su físico y le gustaba lo divertido que podía ser a veces, pero también sabía que Rafe era mucho más que ese personaje con encanto que se empeñaba en mostrarle al mundo. Rafe se preocupaba por las galerías, se preocupaba por ella...

Y amaba a su familia profundamente. Y, tras la conversación que había tenido con Michael el sábado por la noche, sabía que ese era un amor correspondido por su familia. Michael había insistido en hablar con ella a solas sobre su hermano y le había contado la seriedad con la que trabajaba para las galerías y cuánto le debían por el continuado éxito de todas sus ideas e innovaciones.

Pero todo ello era algo que Nina había podido ver antes con claridad, por mucho que él se hubiera empeñado en ocultarlo.

Y tanto lo había visto que se había enamorado de él.

Por desgracia, era un amor que Rafe jamás le devolvería.

—La única razón por la que estoy aquí es para mostrarte mis diseños —le aseguró con frialdad—, si es que sigues interesado en verlos, claro.

—Nina, no podemos sentarnos a hablar de tus diseños como si la conversación que tuviste con tu padre no hubiera sucedido nunca.

—No veo por qué no —contestó con tono gélido.

—Nina...

—¿Qué te dijo exactamente sobre la conversación, Rafe? ¿Cuánta verdad ha decidido confiarte después de conocerte desde hace solo una semana?

—Tienes que calmarte.

No, Rafe. No tengo que hacer nada, ya no. Voy a hacer exactamente lo que me plazca. Y ahora, ¿quieres ver mis diseños o no?

Él se estremeció ante la agresividad de su tono.

—Por supuesto que quiero ver tus diseños.

—¿Entonces podríamos hacerlo ahora, por favor? —le pasó la carpeta—. Tengo cosas que hacer esta tarde, encontrar un local y un piso.

–¿Es que no vas a volver al tuyo?

–No.

Rafe no tenía la más mínima idea de cómo tratar con esa implacable y distante Nina. Apenas la reconocía como la mujer que había ocupado la mayor parte de sus pensamientos durante la última semana, la mujer a la que solo tenía que mirar para sentirse excitado. La mujer que lo hacía reír. Una mujer bondadosa y cálida, una mujer en la que había confiado. Una mujer tan distinta a las demás con las que había estado. La mujer con la que sabía que quería estar.

La misma mujer que ahora estaba sufriendo tanto y desmoronándose por dentro porque lo que fuera que Dmitri le había contado el sábado la había herido profundamente.

–Nina...

–Por favor, Rafe –su voz se quebró con emoción–. Si te importo aunque sea un poco, ayúdame a hacer esto.

¿Si le importaba? Durante esos últimos dos días se había dado cuenta de que Nina le importaba más que cualquier mujer que hubiera conocido nunca y que pudiera llegar a conocer.

–Nina...

Los dos se giraron cuando la puerta del despacho se abrió de pronto sin previo aviso, y Rafe gruñó por dentro al ver a los dos guardaespaldas entrar detrás de la silla de ruedas de Dmitri.

Nada más ver el rostro acusatorio de Nina, supo que creía que había tenido algo que ver con la inesperada llegada de su padre.

Capítulo 11

L E HAS dado órdenes a tu secretaria de que llamara a mi padre si venía?

–No.

–Rafe no tiene absolutamente nada que ver con el hecho de que esté aquí, Nina –dijo Dmitri con tono suave después de haberles indicado a los guardaespaldas que esperaran en el pasillo y cerraran la puerta al salir–. He tenido vigilado el piso de Rafe y la galería desde ayer por si venías a verlo.

–¡Es increíble! –exclamó Rafe molesto.

Lo cual no quitaba que no se alegrara por el hecho de que Nina hubiera acudido a él, fuera por la razón que fuera.

–Mis disculpas, Rafe, pero era necesario –respondió el anciano.

–En tu opinión –apuntó Nina, aliviada de que Rafe no hubiera tenido nada que ver porque no estaba segura de que hubiera podido soportar otra traición de uno de los dos hombres que más significaban para ella.

–¿Dónde has estado estos dos últimos días? –le preguntó su padre con calma.

–Aquí, en un hotel.

–¡Pero si comprobamos todos los hoteles!

–Me registré bajo el nombre de «Nina Fraser» –dijo sin sentir ni un ápice de satisfacción al ver a su padre estremecerse al oír que se había registrado con el apellido de soltera de su madre.

Estaba dolida y furiosa por las cosas que le había ocultado, pero Rafe tenía razón; ella no podía ser deliberadamente cruel con nadie, y menos con su padre.

—Deberías haberme contado la verdad sobre mamá desde el principio, papá.

—Solo tenías cinco años y eras demasiado pequeña para entenderlo y, mucho menos, para aceptar la verdad.

—Pero después deberías haber intentado explicármelo cuando fui mayor.

—Lo pensé, por supuesto que sí, pero no era agradable, *maya doch*. Decidí que era mejor que guardaras los buenos recuerdos de tu madre, no los malos.

Rafe no tenía ni idea de a qué se referían, pero eso no evitó que se sintiera como si estuviera entrometiéndose en algo muy personal.

—¿Tal vez preferiríais que me marchara para poder hablar en privado?

—No.

—¡No!

Asintió cuando los Palitov hablaron al unísono, Dmitri con resignación y Nina con desesperación. Y si Nina necesitaba que estuviera allí, allí era donde estaría.

—¿Nos sentamos, Nina? —dijo con delicadeza.

Ella se sentó en el borde del sofá y él a su lado. Lo miró agradecida cuando agarró una de sus temblorosas manos y entrelazó sus dedos con los suyos. Un abrumador amor por él creció en su interior, por la delicadeza y ternura que le estaba mostrando. Porque ahora sabía, sin ninguna duda, que amaba a Rafe, que estaba enamorada de él. Y esa era la razón por la que había querido que se quedara.

—Soy consciente de que este es tu despacho, Rafe, y siento el modo en que he entrado, pero no tienes por qué quedarte a escuchar esto si no quieres —dijo mirando a su padre.

—Puede que prefieras no quedarte, Rafe —añadió el anciano.

—Quiero lo que quiera Nina. Quiero estar aquí a tu lado, si eso es lo que tú quieres.

—Sí, por favor.

Él asintió antes de girarse hacia Dmitri y decir con rotundidad:

—Pues entonces me quedo.

Nina le agarró la mano con fuerza como gesto de gratitud antes de mirar a su padre con los ojos llenos de lágrimas.

—Has sido muy cruel al ocultarme la verdad de mamá todos estos años, papá. Tenía derecho a saberlo, a elegir por mí misma.

—Hice lo que me pareció mejor en aquel momento. Y, por cierto, esta conversación debe de estar resultándole muy confusa a Rafe y no me parece justo teniendo en cuenta que estamos en su despacho.

A Nina se le caían las lágrimas cuando miró a Rafe.

—No es demasiado tarde, puedes marcharte.

—Me quedo —dijo necesitando saber qué era eso que la había reducido a ese estado emocional.

Ella respiró hondo.

—Pues entonces deberías saber que hace diecinueve años raptaron a mi madre. Los secuestradores contactaron con mi padre y le dijeron que no avisara a la policía y que, si pagaba el rescate, en una semana mi madre volvería con nosotros.

Rafe entendía cómo debía de haberse sentido Dmitri, todo lo que habría sufrido, el dolor y la agonía de que le arrebataran a su mujer seguido por días preguntándose si volvería a verla. ¡No tenía más que imaginarse cómo se sentiría él si eso le hubiera pasado a Nina!

–Mi padre obedeció las instrucciones, pagó el rescate, pero..., pero...

–Aquí es donde nuestras historias empiezan a separarse... –apuntó Dmitri cuando Nina se detuvo–. En aquel momento no le conté nada a Nina sobre el secuestro, solo que Anna había muerto. Y después, cuando tenía diez años, le dije que la habían raptado para que entendiera por qué era tan protector con ella, pero no... Hasta el sábado por la noche nunca fui del todo sincero sobre el destino de su madre.

Rafe miró al anciano con los ojos abiertos de par en par.

–Anna no murió cuando Nina tenía cinco años.

Ahora entendía por qué no había encontrado ninguna noticia sobre esa muerte en Internet.

–Anna murió cinco años más tarde, en la residencia privada a la que me vi obligado a llevarla días después de que volviera a mí. Está enterrada en el cementerio que hay allí. Había perdido la cabeza hasta el punto de no conocerme. Se había escondido en un lugar al que no podía acceder nadie, ni siquiera yo, para alejarse de lo que esos animales le hicieron durante la semana que la tuvieron presa.

–¡No, papá! –gritó Nina agarrándole la mano.

El sábado le había resultado muy duro asimilar todo eso, comprender lo mucho que había sufrido su padre al guardar ese secreto durante tantos años, y en aquel momento lo único que le había importado había sido descubrir que su madre había vivido cinco años más de los que ella había creído. Sin embargo, ahora que miraba a su padre y veía tanto dolor en su mirada, entendía lo solo que debía de haberse sentido en su duelo por la mujer que nunca había llegado a volver a su lado. Lo mucho que habría sufrido durante los cinco años que había ido a visitarla cada semana a la residencia, donde había vivido perdida en la seguridad del mundo que se había creado para sí misma, un mundo al que ni siquiera había dejado entrar a Dmitri.

Ahora se daba cuenta de que había sufrido todo eso por ella, para que pudiera crecer únicamente con los recuerdos felices de su madre.

—Me equivoqué.

—No, papá. Fui yo la que se equivocó el sábado por la noche por no haberte entendido —soltó la mano de Rafe para levantarse y abrazar a su padre, que tenía las mejillas llenas de lágrimas—. Lo siento mucho, papá. Siento mucho haberme ido así, haberte hecho sufrir tanto desapareciendo durante dos días.

—Te perdonaría cualquier cosa, *maya doch*, lo sabes. Lo que sea con tal de que estés a salvo.

Nina comenzó a llorar desconsoladamente, no podía sacarse de la cabeza la imagen de su padre sufriendo durante tantos años, incapaz de compartir su dolor por la esposa que aún vivía, pero que ya no los reconocía ni a él ni a su hija.

—Hay más, ¿verdad?

Nina seguía rodeando a su padre con gesto protector cuando se giró hacia Rafe.

—Y no lo digo porque esto no me parezca ya demasiado –añadió levantándose de pronto; estaba demasiado inquieto como para seguir sentado. Contuvo las ganas de abrazar a Nina porque sabía que era un momento íntimo para padre e hija, un momento en el que sabía que debía contener sus emociones... porque las tenía...

–No sé cómo expresar cuánto siento que os pasara algo así. Es incomprensible. Demasiado como para asumirlo –dijo pasándose una mano por el pelo, nervioso, preguntándose cómo había podido Dmitri vivir con tanto dolor.

Él había crecido en la seguridad del profundo amor que sus padres se prodigaban, y no tenía la más mínima duda de que su padre habría actuado del mismo modo en esas circunstancias, que habría protegido a sus tres hijos de la verdad. También sabía que Gabriel, con lo enamorado que estaba de Bryn, pondría el mundo patas arriba buscando al que fuera que se atreviera a hacerle daño. Y él mismo lo haría también si algo así le sucediera, se vería invadido por la misma rabia y querría encontrar a los responsables, macharcarlos con sus propias manos y asegurarse de que no volvieran a hacerle daño a ninguna mujer ni a destruir ninguna otra familia.

–El accidente de coche no fue un accidente, ¿verdad?

–No –confirmó el anciano sin soltar la mano de su hija–. Tardé un tiempo, pero al final los encontré y me reuní con ellos. Quería matarlos aquella noche, hacerlos sufrir como ellos habían hecho sufrir a mi Anna... –se detuvo cuando Nina dejó escapar un sollozo–. Pero no lo logré, *maya doch*.

–¿No? Pero todos estos años había pensado... creía

que... Nunca hemos hablado de ello abiertamente, pero di por hecho que...

–Al parecer ellos tenían intención de hacer lo mismo conmigo, no querían dejar a nadie vivo que pudiera identificarlos. Embistieron mi coche cuando me dirigía a su encuentro e intentaron echarme de la carretera, pero fue su coche el que se llevó el mayor impacto. Dos de ellos murieron al instante y el tercero un año después, como resultado de las lesiones –dijo sin mostrar ninguna emoción ni ofrecer ninguna disculpa.

Por lo que a Rafe respectaba, las disculpas sobraban. Dmitri había hecho lo que había sentido, lo que habrían hecho la mayoría de los hombres en su lugar.

–Creo –dijo Rafe lentamente– que si te hubiera conocido en aquella época, Dmitri, habría querido ayudarte a encontrar a los secuestradores, por muy joven que hubiera sido.

Nina se sintió tan agradecida por el hecho de que no juzgara ni condenara a su padre que podría haberlo besado allí mismo.

Aunque habría querido besarlo de cualquier forma porque llevaba deseándolo desde que había entrado en el despacho. Del mismo modo que había deseado ir a su casa el sábado por la noche porque lo había necesitado, porque había necesitado desesperadamente que la abrazara, que le hiciera el amor para poder así olvidarse de todos esos años que había perdido con su madre.

Pero también había sabido que habría estado mal hacerlo porque si Rafe hubiera conocido los detalles de la conversación con su padre, se habría sentido como si lo hubiera estado utilizando esa noche, cuando lo cierto era que ella habría ido solo por estar con él, porque lo amaba.

–Eres un joven admirable, Raphael D'Angelo.

–Pues yo creo que la que es admirable es tu hija –dijo mirando a Nina con clara admiración–. Ha estado todos estos años preguntándose si tú habías matado a esos hombres, pero siempre se ha guardado su opinión, nunca ha hablado de ello con nadie.

–Sí –respondió Dmitri con un brillo de orgullo en la mirada.

–A lo mejor si lo hubiera hablado con mi padre antes no me lo habría estado preguntando durante tanto tiempo. Ahora me avergüenzo por haber pensado eso, papá. Lo siento. De verdad creía... pensaba...

–El destino fue lo único que me impidió hacerlo, *maya doch*. Me marché de casa aquella noche con la intención de acabar con los tres.

–Pero no lo hiciste –apretó con fuerza las manos de su padre sintiendo cómo se le había quitado un gran peso de encima–. ¡No lo hiciste, papá!

–No, no lo hice, porque de camino al punto de encuentro me di cuenta de que no podía hacerlo. Por ti, Nina. Por mucho que deseaba librar al mundo de esas alimañas, tendría que haber pagado por el crimen y haberte dejado completamente sola, y eso sí que no podía hacerlo. No podía dejarte sola sin tu madre y también sin tu padre.

Nina lloraba en silencio. Lloraba por el profundo amor que su padre sentía por ella, y con el que ella le correspondía. Lloraba de alegría porque ahora sabía que todas sus sospechas con respecto al accidente y esas muertes habían sido infundadas. Lloraba por la libertad que saber eso le daba a su nueva vida, permitiéndole entregarle su corazón y su amor al hombre del que ya estaba profundamente enamorada. Y no le importaba que Rafe nunca le devolviera ese amor porque a ella le bastaba con poder ser libre de sentirlo y de estar a su lado siempre que él quisiera.

A Rafe le dio un vuelco al corazón cuando Nina lo miró y le regaló una sonrisa tan dulce y feliz que tuvo que parpadear para contener las lágrimas de emoción.

Pero aún quedaba una pregunta que Dmitri había dejado sin responder.

–¿Por qué ahora, Dmitri? –le preguntó–. ¿Por qué has decidido que ahora era el momento adecuado para que Nina supiera la verdad?

–¿Tú qué crees, Rafe?

Rafe no estaba seguro del todo... pero podía tener esperanzas, ¿no?

Sí, podía tener la esperanza de que ese fuera su modo de decirle que, por fin, iba a permitir que Nina viviera su propia vida. Que iba a permitirle vivir. Amar.

Porque Dmitri se había dado cuenta de que Rafe se había enamorado de su hija.

–Imagino que aún tenéis mucho de qué hablar, Dmitri, pero ¿te importaría que te robara a tu hija unas horas? Dudo que haya comido mucho en los últimos dos días, así que al menos podría invitarla a almorzar –añadió ante la mirada de perplejidad de Nina.

–Me parece una idea excelente, Rafe –dijo Dmitri–. Además, Nina y yo tenemos el resto de nuestras vidas para seguir hablando.

–¿Nina? –le preguntó él alargando la mano hacia ella y conteniendo el aliento a la espera de su respuesta.

Capítulo 12

TE HAS fijado en que mi padre ha detenido a Andy y Rich cuando han hecho intención de seguirnos?

Rafe miró a Nina, sentada a su lado en el asiento del copiloto. Se la veía muy vulnerable y joven en ese momento, con los ojos enrojecidos por haber llorado y el rostro completamente libre de maquillaje.

–Sí.

–Todo saldrá bien, ¿verdad? –murmuró con voz temblorosa.

Rafe le apretó la mano con fuerza antes de volver a agarrar el volante.

–Sí, todo saldrá bien.

Ella se relajó contra el asiento de piel.

–Siento que hayas tenido que escuchar todo eso.

–Lo he hecho porque he querido y creo que es hora de que dejes de disculparte. Ante mí, ante tu padre, y ante cualquiera. Porque no tienes absolutamente nada de qué disculparte –la miró–. ¿Tienes idea de lo mucho que te admiro ahora mismo?

¿Rafe la admiraba?

No era exactamente el amor que había esperado recibir de él, pero sí era un gran halago viniendo de alguien tan enigmático como Rafe D'Angelo.

–Es agradable oírlo.

–¿Agradable?

–¿Muy agradable? –bromeó ella ahora más feliz por saber que ya no había malos entendidos, ni nada por decir entre su padre y ella.

Y lo más importante, estaba con Rafe. El hombre al que amaba. Un amor que había ido creciendo y haciéndose cada vez más fuerte durante esa última hora en la que le había mostrado tanto apoyo.

–La primera vez que le digo a una mujer que la admiro y lo único que me dice ella es que «es agradable oírlo».

–Luego he dicho que es «muy agradable» –le recordó obligándose a no ver más allá de lo que Rafe quería decir en realidad, porque para ella sería demasiado fácil hacerlo, ilusionarse, y lo último que quería era avergonzarlos a los dos reaccionando de forma exagerada–. ¿No es admiración lo que puede sentir uno por tías solteronas que huelen a polvos de talco?

–¡Yo no tengo tías solteronas!

–Entonces eso explica por qué es la primera vez que lo dices.

–¿Dónde vamos a almorzar? –preguntó cambiando de tema hacia algo que no diera lugar a malos entendidos ni le despertara esperanzas de ningún tipo.

Rafe tuvo que contener su impaciencia ante el hecho de que Nina se empeñara en que su conversación no fuera seria. Por mucho que hubiera recibido la aprobación de Dmitri hacía un momento, le parecía demasiado pronto para pedirle algo más que la atracción física que ella nunca había negado. Sentía que eso era todo lo que ella necesitaba por el momento: poder perderse en el deseo, en la pasión y en el placer.

—Al mejor restaurante de Nueva York —respondió.

—¿Voy vestida de manera apropiada? —preguntó mirando su traje de chaqueta, el que se había puesto esa mañana a modo de armadura para ir a verlo a su despacho.

—Se me ha ocurrido que podríamos ir a mi piso. ¿Crees que estás vestida de forma apropiada para ir allí?

¡Nina se sonrojó al recordar que la última vez que había estado en el piso de Rafe había estado completamente desnuda!

—No sabía que supieras cocinar.

—Y no sé —admitió tan tranquilo—. Me temo que solo tengo fruta y queso. Pero es el lugar al que vamos a encargar la comida lo que convertirá mi casa en el mejor restaurante de la ciudad.

—¿Me harías el favor de darme alguna otra pista?

—Oh, te haría el favor de hacerte muchas cosas, Nina —le aseguró al aparcar el coche en el parking subterráneo—. Primero quiero desnudarte, luego quiero tumbarte en la cama para colocar mi almuerzo sobre partes seleccionadas de tu deliciosa anatomía, y después quiero saborear, lamer y mordisquear cada pequeño bocado de placer.

—¡Rafe! —exclamó ella casi sin aliento y con el corazón acelerado de excitación.

Él alargó la mano para quitarle la pinza del pelo.

—¿Te parece demasiado?

¡No suficiente! Nunca sería suficiente en lo que respectaba a Rafe. Pero estar ahí con él, anticipándose al modo en que harían el amor era exactamente lo que necesitaba después de lo traumáticos que habían sido los dos últimos días.

—¿Y yo voy a almorzar así también?

–¿Quieres?

–¡Oh, sí!

–Me muero de hambre por ti –le susurró mirándola fijamente–. ¿Y tú?

Nina se humedeció los labios antes de responder:

–Yo tengo un hambre voraz.

–¡Gracias a Dios! –exclamó él con satisfacción al salir del coche y correr a abrirle la puerta.

Las puertas del ascensor apenas se habían cerrado tras ellos cuando Rafe la tomó en brazos y la besó con pasión, como si no pudiera saciarse de ella. Seguían besándose con desesperación cuando salieron del ascensor y entraron en la casa. Sus labios permanecieron pegados mientras se desvistieron y entraron en el dormitorio, soltando ropa por el pasillo, y hasta quedar totalmente desnudos y tendidos en la cama, donde se perdieron en un placer mutuo.

–Y eso que habíamos dicho que íbamos a almorzar –murmuró Nina mucho tiempo después mientras jugueteaba con el vello que cubría el torso y el abdomen de Rafe. Sus cuerpos estaban entrelazados bajo las sábanas de seda.

–Y vamos a almorzar, Nina –le aseguró él con el pelo alborotado y disfrutando viendo el brillo de satisfacción de su mirada, sus mejillas sonrojadas, sus labios carnosos y su melena enmarañada–. Pero es que te deseaba demasiado como para tomarme las cosas con calma.

–¿Ah, sí?

–Sí. ¿No habré sido demasiado brusco contigo, verdad? –preguntó acariciándole el pelo.

—En absoluto —sonrió con timidez—. ¿Y yo contigo?

—En absoluto. Nina... —se detuvo para morderse el labio con gesto de inseguridad.

—¿Sí? —preguntó ella con curiosidad. El Rafe que conocía y amaba no era inseguro, siempre parecía saber exactamente lo que hacía y por qué.

—Me prometí que no haría esto hoy, que ya habías sufrido demasiado por el momento...

A Nina se le hizo un nudo en el estómago al mirarlo mientras se preguntaba si le habría hecho el amor con tanta intensidad porque para él ese fuera a ser el punto y final de su relación.

Si lo era, entonces aceptaría su decisión, no tenía intención de hacerlo sentir culpable. Había estado a su lado esa mañana cuando lo había necesitado. Había escuchado a su padre sin juzgarlo y, al mismo tiempo, la había apoyado, tanto que lo mínimo que ella le debía era salir de su vida con dignidad, si eso era lo que él quería.

—Ya no quieres verme más —aceptó.

—¿Qué? —el rostro de Rafe se tensó y sus ojos se oscurecieron.

—No pasa nada, Rafe —le acarició el pecho, decidida a mantenerse fuerte. Ya tendría tiempo para venirse abajo—. Cuando me metí en esto sabía que tú no eras un hombre de relaciones largas ni de complicaciones. Y parece que mi vida es una complicación tras otra.

—¿Es que ya no quieres estar más conmigo?

—¡Eres tú el que no quiere estar conmigo!

—Yo no he dicho eso.

—Pero... Me ha parecido que querías decirlo.

—¡Claro que no! —apartó las sábanas para salir de la cama y comenzar a caminar de un lado a otro de la habitación, desnudo e intranquilo, y pasándose la mano por el pelo–. Es mal momento –murmuró.

–¿Para qué es mal momento? –preguntó ella atónita por su comportamiento.

–Estás disgustada y triste, como es natural, traumatizada después de saber que tu madre vivió.

–Rafe, estoy bien. De verdad que sí –le aseguró–. Es más, estoy mejor que nunca –añadió al salir de la cama–. Ahora sé la verdad, toda la verdad. ¿No ves que, por primera vez en años, me he liberado de la carga emocional que llevaba arrastrando toda mi vida?

–¿Liberada para hacer qué? –preguntó intentando no dejarse distraer por la belleza de su desnudez, aunque era una batalla que sabía que estaba destinado a perder.

–Para vivir. Para amar –respondió ella justo cuando su mirada se dirigió a su erección, como atraída por un imán.

Rafe se quedó sin aliento y no pudo apartar la vista de Nina mientras se humedecía los labios como si estuviera preparándose para lamerlo. ¡Cuánto deseaba tomarla en sus brazos y hacerle el amor otra vez hasta que ella prometiera no marcharse nunca!

–Estoy enamorado de ti, Nina –pronunció las palabras que jamás pensó que llegaría a decirle a ninguna mujer–. Te quiero –fue mucho más fácil decirlo esa segunda vez–. Te quiero, Nina Palitov –murmuró de nuevo con satisfacción al tomarla en sus brazos por fin y rodear el calor de su cuerpo–. Te quiero, Nina. Te quiero. Te quiero –una vez anunció su amor por ella, supo que ya jamás se cansaría de decirlo.

Nina lo miró temerosa de hacerse ilusiones, de creerse que esas maravillosas palabras fueran ciertas cuando hacía segundos había creído que le estaba diciendo adiós.

–Yo también te quiero. Te quiero, Rafe –pronunció de nuevo y con más fuerza al posar las manos sobre su pecho permitiéndose sentir su corazón.

–Cásate conmigo, Nina. ¡Cásate conmigo!

–Raphael D'Angelo no es hombre de amor y matrimonio.

–Eso era antes, hasta que te conocí. Pero ahora deberías saber que no voy a conformarme con menos en lo que a ti respecta. Te quiero para siempre, Nina. Como mi esposa. Como la madre de mis hijos. ¡Pero si solo imaginarte embarazada ya me excita! Quiero pasar toda mi vida contigo. ¡Quiero despertarme a tu lado cada mañana y tener la libertad de decirte lo mucho que te amo decenas de veces al día!

–Sí, Rafe. Sí, ¡claro que me casaré contigo! –lo rodeó por la cintura–. Te quiero tanto. ¡Tanto, Rafe! –alzó la cara para recibir la fuerza de su beso.

El resto del mundo se desvaneció, dejó de existir, cuando se sumieron en la profundidad del amor que habían encontrado para los dos.

* * *

Podrás conocer la historia de Michael D'Angelo en el tercer libro de la serie *Angelicales y crueles* del próximo mes titulado:
UN HOMBRE COMO NINGUNO

Bianca

**Estaba acostumbrado a salirse con la suya…
sobre todo con las mujeres**

El millonario australiano Sebastian Armstrong creía conocer perfectamente a su ama de llaves. Emily era correcta, formal y completamente dedicada a su trabajo, pero, bajo su aspecto impoluto, había una apasionada mujer que deseaba vivir la vida al máximo… y olvidar que se había enamorado de su guapísimo jefe.

Sebastian se negaba a aceptar que Emily quisiera dejarlo, por lo que ideó un despiadado plan para mantener a Emily a su lado… en la cama.

Proposición despiadada

Miranda Lee

Acepte 2 de nuestras mejores novelas de amor GRATIS

¡Y reciba un regalo sorpresa!

Oferta especial de tiempo limitado

Rellene el cupón y envíelo a

Harlequin Reader Service®
3010 Walden Ave.
P.O. Box 1867
Buffalo, N.Y. 14240-1867

¡Sí! Por favor, envíenme 2 novelas de amor de Harlequin (1 Bianca® y 1 Deseo®) gratis, más el regalo sorpresa. Luego remítanme 4 novelas nuevas todos los meses, las cuales recibiré mucho antes de que aparezcan en librerías, y factúrenme al bajo precio de $3,24 cada una, más $0,25 por envío e impuesto de ventas, si corresponde*. Este es el precio total, y es un ahorro de casi el 20% sobre el precio de portada. !Una oferta excelente! Entiendo que el hecho de aceptar estos libros y el regalo no me obliga en forma alguna a la compra de libros adicionales. Y también que puedo devolver cualquier envío y cancelar en cualquier momento. Aún si decido no comprar ningún otro libro de Harlequin, los 2 libros gratis y el regalo sorpresa son míos para siempre.

416 LBN DU7N

Nombre y apellido	(Por favor, letra de molde)
Dirección	Apartamento No.
Ciudad	Estado Zona postal

Esta oferta se limita a un pedido por hogar y no está disponible para los subscriptores actuales de Deseo® y Bianca®.
*Los términos y precios quedan sujetos a cambios sin aviso previo.
Impuestos de ventas aplican en N.Y.

SPN-03   ©2003 Harlequin Enterprises Limited

UN ACUERDO PERMANENTE

MAUREEN CHILD

Dave Firestone no tenía intención de casarse, pero era capaz de fingir cualquier cosa con tal de conseguir un importante contrato para su rancho. Necesitaba encontrar rápidamente a una prometida y decidió acudir a Mia Hughes. El jefe de esta, y rival de Dave, estaba desaparecido y no podía pagarle, así que Mia aceptó la propuesta de Dave. Pero cuando su romance falso dio un giro inesperado y se convirtió en largas noches de pasión, Dave no quiso dejar marchar a Mia y tuvo que recurrir a la persuasión para intentar conseguir alargar la situación.

¿Lograría que ella aceptara otro tipo de pacto?

¡YA EN TU PUNTO DE VENTA!

Bianca.

**Si él se acercaba demasiado, descubriría la verdad
y querría ejercer sus derechos como padre**

Habían pasado cinco años desde que Damiano D'Amico, un italiano tan rico como sexy, robó el corazón y la virginidad de Riva Singleman. Y aunque ella no había sido precisamente sincera con Damiano, él se había portado tan mal con ella que Riva huyó con su pequeño secreto, el hijo que llevaba en su vientre.

Pero él había vuelto y Riva estaba muerta de miedo; en primer lugar, porque lo deseaba como antes y, en segundo, porque estaba jugando con fuego.

Culpas del pasad

Elizabeth Powe